漫云华月

忆笔生花◎著

九州出版社
JIUZHOUPRESS

图书在版编目（CIP）数据

漫云华月 / 忆笔生花著 . -- 北京 : 九州出版社，2019.12

ISBN 978-7-5108-8596-9

Ⅰ . ①漫… Ⅱ . ①忆… Ⅲ . ①长篇小说 – 中国 – 当代 Ⅳ . ① I247.5

中国版本图书馆 CIP 数据核字 (2019) 第 273011 号

漫云华月

作　　者	忆笔生花　著
出版发行	九州出版社
地　　址	北京市西城区阜外大街甲 35 号（100037）
发行电话	（010）68992190/3/5/6
网　　址	www.jiuzhoupress.com
电子信箱	jiuzhou@jiuzhoupress.com
印　　刷	北京亚吉飞数码科技有限公司
开　　本	787 毫米 ×1092 毫米　16 开
印　　张	12.75
字　　数	131 千字
版　　次	2021 年 1 月第 1 版
印　　次	2021 年 1 月第 1 次印刷
书　　号	ISBN 978-7-5108-8596-9
定　　价	68.00 元

前言
Preface

尊敬的书友您好！本部作品精彩依旧，高潮不断，布局庞大，带你进入意想不到的高校风云，走入不一样的激情岁月！

新北京往事系列作品是我在2013年开始写的，可谓布局已久，厚积薄发。这是一部集合了青春、校园、言情、哲学、武学、人情世故等为一体的作品，相信你会喜欢。

剧情贯穿主角极为丰富的青春往事，宛如流星般划过天空，但美好的瞬间永远铭记心中。

不论你现在身在何处，学生时代的故事依然是你最美好的旅途，还等什么，伴随着青春的气息，坐在书桌前拿起来看吧，一同进入这真挚浪漫的青春屋。

目 录
Contents

岁月新梦 | 001

秋水芙蓉 | 004

运动会 | 007

悔不当初 | 010

料想之外 | 013

刹那恍然 | 016

开学 | 019

大刀阔斧 | 022

一招制敌 | 025

毒蛇出洞 | 028

旧友重逢 | 031

人是感非 | 034

周五之约 | 037

气势磅礴 | 040

社团招新 | 043

意出望外 | 046

犹怜残花 | 049

前倨后恭 | 052

勤学苦练 | 055

收徒 | 058

聚会 | 061

彩排 | 065

非意相干 | 068

心如止水 | 071

表演梦 | 074

红五月 | 076

执着的心 | 079

内心苦楚 | 081

旧病复发 | 084

云心救美 | 087

不测风云 | 090

最后的信任 | 094

真相大白 | 098

突如其来 | 101

意料之外 | 103

暴雨袭来 | 107

搬弄是非 | 111

坦诚相待 | 114

仁义相助 | 117

追溯年华 | 120

生死之间 | 123

年轻气盛 | 126

大打出手 | 129

息事宁人 | 133

表白日 | 136

以武会友 | 139

又一个表白 | 142

交流传播 | 145

一时冲动 | 148

犹豫不决 | 151

一触即发 | 154

陷入苦战 | 157

燃云单刀 | 160

谁人能敌 | 163

孤独之感 | 166

陷入困境 | 169

送别千语 | 172

恰逢时机 | 175

巧使离间计 | 178

量小非君子 | 181

始料未及 | 184

前方花梦 | 187

尾声 | 190

后记 **读好书** | 193

岁月新梦

暑假对每个学生来说仿佛总是转瞬即逝，吴云尊就深有体会，这个面目白皙、潇洒依旧的少年正感觉人生中每一站都是自己的宝藏，之前忙完了转学的事情，本想好好享受假期，可转眼间又要开学了。新的生活在等待着他，帝旦大学的生活即将来临。

开学前一天，刘将才来家里找他聊开学的事，此时吴云尊正在收拾开学的东西："将才来了，明天就开学了，我正想找你呢，跟我一起去吧。"

刘将才边看家里收藏的模型边说："行，正好我这几天没事，顺便跟你去学校看看，手续都办好了吧？"

吴云尊笑着说："那当然，都齐了，刚才王校长给我打电话让我明天直接去找教务处张中天处长办理入学手续。"

刘将才说："那就应该没问题了。"

吴云尊淡淡地说："希望吧，新的生活要开始了，心里有种说不出的激动，将才啊，你说人这一辈子，有时候命运真的就掌握在自己手里，有时多努力就柳暗花明了。"刘将才起身向窗外望去："云尊，你这次能转学真是够可以的，一般可没听说过大学生转学。"

第二天，两人一起去了学校，到了之后直奔教务处处长室，没等吴云尊说话，张处长和蔼地说："你就是吴云尊吧，来，坐下。"两人坐在沙发上。

吴云尊说："您好张处长，暑假我来过，今天来找您办理入学手续。"张处长听后说："好的没问题，我记得你呢，你是王校长介绍来的，他昨天还给我打了电话，让我把事情快速办了。"

吴云尊听后心想："王校长这人真够仗义！"刘将才小声说："王校长对你不错。"之后办理了手续，张处长起身亲自带吴云尊去找经管院的导员。

张处长走在前面，刘将才低声说："今天你够有面子的，处长亲自带你去找导员，一般都是让自己去。"吴云尊说："是啊，看来这都是王校长的面子。"

到了导员办公室，张处长介绍说："这位是梁广林老师，今后就是你的导员。"然后对梁广林说："广林，这孩子很优秀，以后你要多加关注！"吴云尊伸出手："梁老师您好，我是吴云尊，今后在学习生活中要给您添麻烦了。"

握手后梁广林说："哪里的话，一看你就是个好学生，走，我带你去宿舍。"路上几人聊得挺好，广林老师告知本专业的宿舍都住满了，所以要安排到财务管理的宿舍，他说财务管理的宿舍一般都很安静，相对素质都很高。吴云尊对宿舍问题很在意，希望能有个好环境。

到了宿舍后，吴云尊去水房洗抹布，刚进去竟然看到了王坤飞！王坤飞是他的高中同学，毕业后高中同学之间的联系都很少，吴云尊没想到竟然在这儿遇到他，两人都很高兴，王坤飞也帮吴云尊一起收拾东西，帝旦的宿舍环境很好，四个人一屋，下桌上床，比较宽敞。

此时宿舍里其他三个人没在，吴云尊问："这个宿舍里的人你都认识吗？怎么样？"王坤飞说："财管的我还真不认识，听说财管的人都特好，爱学习的多，我知道你烦素质低、爱吵闹的，放心吧，财管的宿舍应该都很好。"

"那就好，你还挺了解我，我对宿舍还是有要求的，平时住在一起应该要把这儿当作自己的家。"吴云尊边擦桌子边说。"云尊，我还没问你怎么转到我们学校了呢？"王坤飞问道。

"一言难尽啊，改天跟你细说，不过我感觉这所学校真的不错，环境各方面比故渊强多了。"吴云尊说，"对了，咱们同学里除了你还有谁在帝旦？"

王坤飞笑了笑："哈哈，这你算问着了，我还正想和你说呢，夏婉露也在。"吴云尊听后愣了一会："什么！她也在？！"

秋水芙蓉

"她和你还是一个专业的，以后又在一起上学了，还一个班，看来大家缘分未尽！"王坤飞说。"哦。"吴云尊此时脑海里浮现出关于他和夏婉露的一幕幕……

时间回到了高二开学。

开学文理分班那天，吴云尊迟到了，一进班看到同学们都到齐了，自己怪不好意思的，班主任叫住了他，说："你过来，怎么来晚了？"

吴云尊不好意思地说："刚才收拾宿舍晚了会儿，老师我之前总看到您，听说您对待工作十分认真负责，现在您是我的班主任真是太好了。"

班主任笑了："我叫候林，一会儿开完班会你去趟我办公室。"吴云尊听后心想："葫芦里卖的什么药？难道因为我稍微迟到一小会儿要在办公室批评我？应该不会，看着老师挺好的，可能有别的事吧。"

吴云尊找到了自己的座位，坐下后发现同桌是夏婉露，夏婉露的身材婀娜动人，整个人像棉花糖一样可爱甜美。说起夏婉露，从军训那天吴云尊看到她起心里就一直想着她，可惜她有男朋友，是初中就一起的，虽然不在一个学校，但两人感情很好。高一一年吴云尊和夏婉露一直没有任何交集，那时候的吴云尊在感情方面单纯青涩，不会主动地与女生交往，所以一直没能和夏婉露认识。

吴云尊正思绪万千，旁边的夏婉露主动跟他说："你是吴云尊吧，久仰大名！以后请多多关照！"

吴云尊连忙说："哪里哪里，今后就是一个班的了，以后有事说话！"夏婉露说："那太好了，以后你有需要帮助的也找我。"

班会过后，侯老师把吴云尊叫到了办公室。

侯老师喝了一口茶："云尊，我接这个班之前对班里每个同学都做了调查，你高一的班主任和我说了你的很多事。我认为你是个很聪明的孩子，从今天开始我希望你把心思都放在学习上，我教物理，我让你当我的课代表，其他科的课代表都是班会时候选，但你这个物理课代表，我要亲自任命！"

吴云尊听后感到这位老师对自己十分重视："好的，侯老师，您这么看得起我，今后我更得好好学习，起到物理课代表的积极作用！"侯老师说："平时有事随时来找我，我看人错不了。"

回到宿舍后，吴云尊辗转反侧，今天的开学真是爽，当了物理课代表，宿舍住了单间（见上部作品《铭心如梦》），有个美女同桌，真是美妙的一天。

接下来的日子里，夏婉露似乎很主动地和吴云尊接触，吴云尊也放开了心和她接触，不再顾及她有男朋友的事。两人的友情进展神速。就连周末回家吴云尊脑海里也会时不时地想起她，这不全是男女之间的喜欢，那种微妙的情感似乎没有杂质。

开学的第四周班会上，侯老师重点说了运动会的事，让大家积极参与，四百米接力项目侯老师点了三个同学参加，那三个人的体能的确不错，没等到老师点第四个人，吴云尊说："我来吧！"侯老师笑了："好！就你了。"

夏婉露在一旁鼓掌说："真棒，看好你。"吴云尊笑道："我就当锻炼身体了，其实我跑步也一般。"

夏婉露说："男生就得跟你一样要有魄力，我报了女子四百米，咱俩中午去操场练习跑步吧。"

运动会

梦里中学的午后很美，校园绿化建设在海淀区也算首屈一指的。吴云尊一进操场，就看到夏婉露在单杠那里等着他。

两人吹着风在操场上散步，吴云尊不提跑步夏婉露也不提，仿佛两人有了默契，中途夏婉露要坐会儿，吴云尊感觉她眼神有些忧郁，可能是有心事，于是问："今天是不是有心事？"

夏婉露撩了下头发："你怎么看出来的？"

吴云尊说："直觉吧，有什么心事就跟我说吧，帮你排忧解难。"

"我失恋了，他现在和我不在一个学校了，已经好久没和我联系了，我联系他后他说我们异地恋早晚得分，后来得知他有新的女朋友了。"说到这里夏婉露声音有些哽咽。"你别太难过了，是他不懂得珍惜和坚持。"吴云尊安慰道。

夏婉露沉默了一会儿，说："好吧，我会忘掉这段感情的。"

吴云尊笑了："高一就听说你有男朋友，现在早恋的人挺多的，不过说真的我们心思应该放在学习上,你可不能因为谈恋爱耽误学习。"说完两人开始在操场上慢跑。

运动会开始了,开完运动会就十一放假了,同学们心里都很兴奋,一年一次的运动会也给紧张的学习气氛带来放松。

运动会全过程吴云尊所在的班级各项目都是倒数!这让侯老师脸上很难看,同学们也十分泄气。吴云尊报的两百米跑了两次,第一次吴云尊发挥不错得了小组第二,一共六个人,可是裁判没有计时,只能再跑一次,可是两百米拼的是爆发力,自己刚才拼尽全力,这又让回去再跑,没等吴云尊反应过来,第二次的枪声响起了,这次吴云尊是小组第四名。

到了最后的四百米男子接力赛,侯老师对大家说:"咱们班这次丢人了,几乎各项都是倒数第一!最后的四百米接力你们几个要尽力,怎么说也不能得最后一名!"

夏婉露过来亲自给吴云尊带上接力的班级标识:"云尊,加油,有你在肯定没问题!"吴云尊淡淡地说:"可能吧,真没把握,我这也是第一次参加四百米比赛,之前都没跑过。"侯老师也过来了:"你们几个要加油啊。"

其他三人都不想跑最后一棒,吴云尊主动接了,他的四百米一直没练过,不知道自己的水平到底如何,可是这次为了班集体也拼了,顾不了那么多了。

枪声响起!各组成员开始起跑了,吴云尊心想一会儿自己不管怎么说也得反超一个人,不能当最后一名,到了第二棒交接棒的时候吴云尊看到第一个交接的竟然是自己人!然后第二棒的人也保持了第一名,到了第三棒交接第一名还是自己人!而且和第二名拉的距离非常大,看到这一幕全班同学的呐喊声、加油声盖过了全场！吴云尊顿时全身热血沸腾！

第三棒一马当先的还是本班的人，把第二名甩出了一大截，吴云尊接棒后使出全力冲刺，当跑出了一百多米后他感觉后面有人追来！回头一看此人正是全校两百米冠军！据说他天天跑步，是体育生，看来这下不好办了！

跑到了二百多米的时候吴云尊有些累了，回头看看后方的人距离自己已经很近了！但吴云尊观察到他的速度也慢了很多，不然早就被超过了，平心而论要不是刚才前几棒甩开了他那么远，现在在后面的肯定是自己。

此刻吴云尊心想："拼了，要突破人体极限，一定要保持住第一名，并且把这个人甩开到交接棒时候的距离！"他用尽身体所有的力气加速，第一次感到身体在燃烧，那种痛苦现在想起来都难受，可为了集体荣誉他不得不拼，也就一刹那，吴云尊到了终点，回头看了下后面的人真的被自己甩出了很远的距离，比交接棒时候还远一些！

到终点后吴云尊不由自主地坐在了地上，耳旁传来了同学们的欢呼声……

悔不当初

　　十一假期回来后，班里整体调换了座位，夏婉露和吴云尊分开了。之后两人的接触少了很多，但周末回家还是会在QQ上聊聊天。

　　转眼间高三了，距离高考还有三个月时，吴云尊得知夏婉露有了男朋友——相貌平庸、默默无闻的孙掣。

　　一天中午，吴云尊在食堂排队。孙掣站在他后面，两眼直勾勾地看着他，似乎有些敌意。接着孙掣从他身后站到了他前面。

　　吴云尊最烦插队的人，于是说："孙掣，你怎么插队？刚才你是排在我后面的。"

　　孙掣竟不耐烦地说："谁插队了？你才是插队到我前面的呢。"

　　吴云尊没想到孙掣竟然耍起无赖了。他认为可能有误会，暂时压住怒火道："你是不是看错了，我真的一直在你前面。"

　　这次孙掣没说话，队伍正好排到他了。之后孙掣撞了吴云尊一下，吴云尊拽住他说："你什么意思？说清楚了。"

　　孙擎用力挣脱了："我就是看你不爽！行吗？"说完快速走了。

　　吴云尊想冲过去教训他，在学校里没人敢这么跟他说话。但是由于上个月他刚和别人闹了矛盾，并且临近毕业了，大家同学一场，犯不上因为小事起矛盾，便忍住了怒火。回到宿舍后，他和其他同学聊了孙擎的事，得知孙擎虽然在学校里没出过手，但这个人那股劲儿一上来谁都不服，就算是阎王老子他也不怕！

　　吴云尊听后说："他的确够混蛋的，但估计也厉害不到哪去。中午他找我麻烦，大概是因为夏婉露的事。一会儿我去他宿舍，和他好好聊聊。"

　　同学们都劝道："云尊，别冲动，听说他很能打，你别小看他。"

　　吴云尊说："好，我就是找他沟通下，没想打架。都快毕业了，同学之间没有什么解不开的矛盾。"说完他就去了孙擎宿舍。

　　孙擎在宿舍床上躺着。

　　吴云尊说："出来下，我想和你聊几句。"

　　孙擎瞪着眼说："聊什么，我没时间！你滚吧。"吴云尊忍住怒气："我真的想和你聊聊，没别的意思，你说话注意点。"

　　孙擎突然起身："吴云尊，我他妈告诉你，别人怕你我不怕你！"

　　宿舍的人都来劝阻，让吴云尊先回去。其中有个叫李方的同学说："云尊快走吧，他这人就这样，改天等他想明白了再说。"吴云尊听了同学的劝阻，刚离开宿舍，就听孙擎大骂道："吴云尊，你给我过来，别跑啊！早晚收拾你！"还骂了几句脏话，声音极大，楼里的人都听得见，有几个高二的人都出来看热闹了。

　　吴云尊攥紧拳头，心想："这么多人都听见他骂我了，这事真的不能这么算了！"转头向孙擎宿舍走去，同学们都出来劝架。几位同学说："云尊，都知道他不是你的对手，别搭理他，听说夏婉露对你有好感，要和孙擎分手，孙擎急了，他知道没有你优秀，所以想打架。你别往心里去，孙擎骂几句就别计较了，下午我们去劝劝他，这事和平解决吧，同学一场相逢是缘。"

吴云尊冷静地说："我知道，但是他今天有点过了，必须得教训教训他。这样吧，中午我在水房等他，他给我道个歉，这事就算完了。这已经是我最大限度了。"

中午一点，吴云尊准时在水房等着孙擎，吴云尊的几个好朋友也来了，其中石阳佩服吴云尊的勇气和头脑，平时有事就找吴云尊帮忙。这次知道吴云尊有事，他也带着人来帮忙。

石阳说："云尊，事情大概我都知道了，一会儿大伙都在，他要是犯浑我们一起收拾他。"

吴云尊认真地说："谢谢各位了！一会儿要是动起手来，我和他一对一，你们千万别插手，那样就是丢我面子，显得我欺负他，另外就他那样估计挨不了我几下！"

不一会儿，孙擎来了，只见他面容冷峻，眼神中有一种桀骜不驯的野性，穿着一件黑T恤，给人一种十分干练的感觉。

吴云尊上前拦住他："孙擎，刚才的事我不和你计较，但你得向我道歉。"孙擎说："滚开！我不道歉怎么着！"

这次吴云尊真的生气了，直接一脚把孙擎手里的洗脸盆踢飞，然后给了孙擎一个前踢，没等孙擎反应过来又接连三拳把他打倒在地上。吴云尊本想教训他几下就算了，打完后刚想说话，没想到孙擎突然起身一拳打向吴云尊面部，速度极快……

料想之外

吴云尊躲开孙擎的快拳后刚站稳，孙擎继续出拳，吴云尊也正面和他对了几拳，孙擎没有一下打中吴云尊的，不过吴云尊都是勉强避开孙擎的拳头或者先打中他令他无法打到自己，之后孙擎被吴云尊打得坐在了地上！吴云尊没想到孙擎这么难缠。

孙擎迅速站了起来："吴云尊，我今天和你拼了！"说完又开始挥动拳头向吴云尊面门打去。这次吴云尊没躲开，挨了几下后心想：今天本不想打架，或者简单地教训下他，可他竟然这么厉害，之前我太小看他了，他虽然身材一般，但是爆发力不在我之下，挨了他几拳还挺疼。同学们这个时候都过来围观了，我要是摆不平一个孙擎，这几年的面子不得折了？

吴云尊开始认真地面对孙擎，他打算使出十成功力收拾他，两人接着正面对了十几拳，吴云尊每拳都打中了孙擎，而孙擎由于速度上稍微逊色些，接连挥出的几拳都被吴云尊躲开了。十几拳下去，孙擎被从水房的门口打到最里面的墙上。吴云尊伸手抓住孙擎的喉咙，把他按在墙上，这时水房门口围满了人。

吴云尊心想：这回事情小不了，打也打了，今天他公然骂我，是他不对在先，我打了他也是没办法的。他这么厉害，下手不狠点，挨打的就是我，看来我必须下重手，打坏了就赔钱吧。

孙擎被吴云尊按在墙上打了七八拳。他口鼻流血，已经没有招架之力。吴云尊见状松开了手。孙擎立刻大叫一声，用头磕向吴云尊的头。一声闷响后，吴云尊后退了一步。吴云尊毫无防备地被孙擎用头重重地磕了一下，十分难受。这时同学们上前劝架，宿管老师也来了。

可是孙擎大喊大叫和疯子一样，谁也拦不住，直接扑向吴云尊。

吴云尊知道孙擎今天是要玩命了。他快速后退几步躲开，抓住孙擎的胳臂，另一只手打向孙擎。孙擎一边挨打一边挣扎，但都没有打中吴云尊。

最后吴云尊双手抓住孙擎的右臂把他摔在地上，往他的身上重重地踢了几脚，然后后退几步。吴云尊喘着粗气，心想：好累，这小子不会被我打坏了吧？可遇到这种玩命的不下重手不行啊！从来没有这么累过，感觉已经打了快十分钟了。这十分钟一直在用力，现在有些力不从心了。

宿管老师把吴云尊拉开，孙擎又从地上爬了起来冲向吴云尊。宿管老师回身想抓住孙擎，可没有抓住。他犹如蛮牛一般抓住吴云尊的衣服，胡乱用力试图摔倒吴云尊。

此时此刻，吴云尊已是强弩之末，只能任由孙擎动作，自己坚持着不被摔倒。孙擎狰狞地大叫一声，拼尽全力想摔倒吴云尊，不料一下撕开了吴云尊的衣服。吴云尊被这股劲给摔倒了！

这回宿管老师和同学们一起拦住孙擎。吴云尊倒在地上，听到大家说："行了行了，都是同学，干吗打成这样，别打了……"吴云尊十分疲惫，但是不甘心就此输了，心想：全校的人都在看着呢，我必须得把他打倒，不然面子回不来！

孙擎挣脱开大家的阻拦冲向吴云尊。吴云尊也想用尽最后一丝力气打败孙擎，他起身握紧右拳，忍着疼痛，深深呼了一口气。他太累了，眼前时不时地发黑，看不清周围的人，但他感觉得到孙擎的位置所在。于是他把右臂挥动起来，身体转了三百六十度，狠狠地击中了孙擎。很久之后吴云尊才知道，这招在散打里叫鞭拳。

吴云尊无意中使出的鞭拳威力无穷。他有点控制不住这股力气，身体转了好几圈，连续几次打向孙擎，直打得孙擎惨叫连连。可是吴云尊太累了，又眼前发黑，看不清周围情况。他隐约听到除了孙擎还有一个人发出惨叫，最后几拳打中的感觉不一样了。此时，所有人都不出声了，劝架的声音突然没了，空气也突然停滞了。吴云尊停下后，见孙擎正双手抱头满地打滚，地上有一副碎掉的眼镜。然后他向四周看了下，发现宿管老师捂着眼睛靠在了墙上。

吴云尊意识到，刚才自己不小心打到了老师。这一刻，他脑海里一片空白……

刹那恍然

　　楼道里一片寂静，空气仿佛停止了流动，只见宿管老师扶着墙，眼镜被吴云尊打碎了，孙擎这次也没能再起来，躺在地上捂着头。

　　吴云尊意识到刚才自己失手打了老师！心中十分愧疚，立刻扶起老师："您没事吧？对不起，我失手打到您了！"宿管老师起身嚷了一句："你们俩都他妈给我住手！谁再打我就打谁！我当兵打架那会儿你们还没出生呢，简直是胡闹！"说完同学们过来把孙擎扶起来，吴云尊站在原地不动，心里有种说不出的滋味，他突然感到今天的事有点不对劲，自己除了失手打老师之外好像还有哪里做错了……

　　之后班主任赶来，把吴云尊带到办公室训话，班主任说："今天你太过分了，人家孙擎已经去医院了，他妈妈打电话说就这么一个儿子，要是被你打坏了可怎么办，刚才我看到孙擎的伤势，面部和头部大面积浮肿，这刚打完架他就成了这个样子，明天估计会肿得更厉害，你怎么下手那么狠？还有你俩到底为什么打架？刚才问了孙擎他没都说，就说因为插队的误会，救治要紧就去医院了。"

吴云尊心想："孙擎肯定不想把夏婉露牵扯进来，我也不能说。"吴云尊淡淡地说："老师，今天的确是因为排队的误会，我知道错了，是我太爱面子了，开始本来想简单打打，可孙擎这人不服输，不要命地跟我纠缠，其实中途有几次同学劝开可以停止打架了，可我太要面子，认为孙擎把我摔倒了自己丢面子了，所以我又不断下狠手。"

班主任说："行了，还有你打宿管老师的事，人家跟我说你这孩子平时表现不错，还让我别追究此事！你说你心里过意得去吗？"听后吴云尊心里十分难受："我失手打了老师，做得太不对了。"

班主任说："那你找宿管老师去好好道歉吧，哎，你说你啊，距离高考就三个月了，怎么还打架，以后再有事第一时间找我，别冲动了。你先写份检查，然后再拿着检查找宿管老师道歉去。"

下雨了，春雨细腻丝长，吴云尊望着窗外，感到自己今天真的过分了，写检查的时候右手关节十分疼痛，打孙擎打到自己受伤，可见自己用力之大。

课间，夏婉露找到吴云尊，说："云尊，你怎么把孙擎给打成那样了，你们为什么打架？"吴云尊解释道："孙擎不断挑衅我，我才出手伤他。"

"你别说了，我没想到你这么狠，孙擎的脸被你打得没法看了，衣服上都是血，听说老师劝架你把老师也打了。"夏婉露情绪有些不稳定。"婉露，你听我说！打老师那是我失手了，哎，现在说什么都晚了，我还想问你呢，他跟我挑衅肯定是因为你对吧？到底怎么回事？"吴云尊按住夏婉露的肩膀说。

夏婉露眼泪流下来了："都怪我，昨天我和他说分手了，这不还是因为你吗？！可我没想到你这么狠，我不想听你解释了。"说完就跑了。

吴云尊知道可能夏婉露一时不理解他，认为是自己不放过孙掣，所以对自己有了成见，现在她在气头上，过些天再跟她聊聊吧。

突然想到下周是夏婉露生日，吴云尊打算买个礼物送给她，再跟她慢慢解释，然后再谈交往的事。

婉露生日那天吴云尊拿着礼物去找她，可令吴云尊没想到的是夏婉露竟然不理他了，吴云尊最后也烦了："你到底什么意思？都过去好几天了，你也别太过了。"这会儿夏婉露说话了："云尊，可能是我不太了解你，你把礼物收回去吧。"吴云尊明白了她的意思，说："嗯，那就算了，可能咱俩还不够了解对方吧。"

之后夏婉露和孙掣也没有再交往，当时令吴云尊最不舒服的是夏婉露有些任性，不听自己的解释，不认可自己！于是吴云尊也就不理她了，后来两人再也没说过话。

宿管楼办公室。

吴云尊进去找宿管老师赔礼道歉："老师，这是我的检查，我知道错了。"在下午的日光下老师显得有些沧桑，后背略显佝偻。

老师和蔼地说："我一直没和你计较，你们都是孩子，我年轻那会儿比你们厉害，在部队里我们团就属我能打，哈哈，年轻人冲动是正常的，但别过分，你就是太要面子了。"

吴云尊沉默了一会："好的，老师，我以后一定注意，您的伤势没事吧？我看都紫了。"

老师微微一笑："没事，这不算什么，你也别太内疚，但你要答应我一件事，以后再打人的时候希望你能想起我……"

开 学

帝旦大学宿舍。

往事如烟，吴云尊心中百感交集，现在又和夏婉露一个学校了，还在一个专业，真是巧！他心里不知道怎么和夏婉露相处，只能走一步看一步。

收拾完宿舍后其他人还是没有回来，吴云尊一人躺在宿舍床上，自己也不知道未来会面对什么，但他相信只要坚定信念地走下去，每一天对自己来说都是充实的。

不一会儿两名同学回来了，一个叫李余文，另一个叫张言，他俩见到来了个新同学，很热情地打招呼，三人马上就熟络起来。下午时吴云尊发现还有一位同学一直没回来，问道："还有一个人去哪了？"

张言没说话，李余文说："我们也不知道，他的事我们也不清楚。"听完这话吴云尊明白他们关系并不融洽。

刚说完宿舍进来了一个人，染了一头金发，胳臂上纹了文身，进屋后李余文介绍了新舍友来了，他也没吭声看了吴云尊一眼就收拾东西去了。吴云尊感觉这人不太懂礼貌，但没计较。

晚饭时吴云尊他们三个人去吃饭，吴云尊问："余文，那个同学叫什么名字？我还没问呢。"李余文说："他叫陈超宇，挺个性的，我们平时接触不多。"

吴云尊继续说："难怪刚才吃饭叫他来他也不来，对了，咱们宿舍平时安静吗？晚上到时间睡觉吗？"李余文喝了一口汤："怎么说呢，我懂你想说什么，你放心，我和张言都是好学生，巴不得早点睡，平时学习那么累，晚上太渴望安静了，可是……"说到这里突然语塞了。

张言突然说："行了，我来说吧，宿舍里我和李余文一直饱受陈超宇的气，他仗着在学校里有背景，为所欲为！时不时地晚上叫好几个人半夜到宿舍里打游戏，你看他今天都把PS3带来了，阳台还有他的一个大显示器，专门玩游戏，去年我们几乎没有一个晚上是1点前睡的！"李余文的面色也沉重起来。

吴云尊问："这个陈超宇在你们财管人缘怎么样？我看他的打扮就跟混混没区别。"

李余文说："他就是个混混，来学校不学习，仗着自己家里有钱，听说他一个亲戚是学校的高层，没人敢惹他！他人缘一般，但是他和国贸的那几个爱打游戏的关系不错，就是经常来咱们宿舍里玩到夜里的那几个，他们还总去夜店，后半夜才回来，把我们吵醒无数次了！总之这人就是不讲理，我们和陈超宇谈过几次，可他不但不听还变本加厉，有一次夜里张言发烧了想睡觉，让他们别玩游戏了，陈超宇转身想打张言，哎，别提了，我们俩就是来学校学习的，不敢惹事，都忍了。我俩跟导员也反映过，可是导员也只是调节，事情根本没解决。"吴云尊说："这事的确是他不对，这样吧，一会儿回去我找他聊聊。"

回到宿舍后，陈超宇在玩游戏，吴云尊过去说："哥们，和你说个事，宿舍晚上是休息时间，你看能不能以后咱们半夜别叫人一起来玩游戏了，12点前就睡吧。"吴云尊已经把时间说得够晚了，目的就是想让陈超宇也退一步。

谁知道陈超宇说："看看再说。"吴云尊问："看看再说是什么意思？咱们还是说清楚了吧。"

陈超宇起身说："回头再说吧，我马上去夜店了。"说完就出门了。一旁的张言说："云尊，算了吧，你是新来的他可能不了解你，换作我和他说他肯定没好话给我，这人霸道惯了。"吴云尊说："没事，那就等他明天回来，我必须跟他说清楚，不然晚上他叫人来玩游戏我就把他们都轰出去。"

半夜4点陈超宇回来了，动作声音很大，把大家都吵醒了，吴云尊心里十分不爽，但没有发作，他知道陈超宇的问题不是一两天了，看来明天得见机行事。

大刀阔斧

第二天一早陈超宇又不知道去哪了，这几天刚开学，下周才开始上课，导员梁广林让吴云尊去找班长郭幺丑，和大家认识下。班长是个微胖体型的人，第一次接触，吴云尊就感到此人不是善类，一副地痞流氓的形象。然后去了趟本专业宿舍，和大家都认识了一下。总体来讲氛围很好，之后就等着后天上课。

下午陈超宇也没再回宿舍，直到晚上吴云尊去了趟超市刚到宿舍楼下时，陈超宇突然出现把他叫住了："吴云尊，来，我和你说件事。"吴云尊见他身旁还有一个人，说："怎么了？"

陈超宇介绍身旁的人说："这位是廖明，他想和你换个宿舍。"

吴云尊心想："他肯定是不想让我在宿舍待，所以想换个人，因为昨天我说他了，还没找他谈注意安静的事没想到他还主动找上我了。"于是说："这事我不同意，我觉得咱们宿舍挺好，换了我可能不适应。"

陈超宇解释说："你放心，廖明就是和我关系好才想换宿舍，他现在所在的宿舍是国贸的，特别安静。"

吴云尊委婉拒绝道："对不起，我真的不想换。"

廖明抓住了吴云尊的衣服："你就跟我换了吧。"态度有些不友善。

吴云尊直接抓住了他的手："你怎么还动手了？"一旁的陈超宇说："我就这么跟你说吧，这宿舍你换也得换，不换也得换！"气焰十分嚣张。

吴云尊最不怕来硬的："我还就不换了，告诉你，我憋了一天找你呢，让你注意宿舍安静的问题！要是想打架咱们三个就去操场练练！"吴云尊刚来学校不想动手，但是这两人太可恶，应该教训下。

廖明和陈超宇见状不说话了，被吴云尊的气势震住了，陈超宇说："先回去。"说完两人走了。

吴云尊认为事情还没说清楚，就跟上去说："你们别走，没说清楚呢。"陈超宇没理他一路往楼上走。在楼道里吴云尊看到了王坤飞，于是把刚才的事和他说了，王坤飞听后说："云尊，国贸那边宿舍特别乱，你去肯定受不了，我看他们是想坑你！"

吴云尊听后十分气愤："陈超宇还说特别安静，看来他是想让我走。"

吴云尊打算回宿舍和陈超宇严肃地把事情说清楚，他预感今晚就算自己不找陈超宇，也会有事情发生。刚到宿舍门口，听到了陈超宇在屋里说话："李余文，张言，你们俩给我听好了，以后谁也不许和吴云尊说一句话！你们谁敢理他别怪我跟你俩不客气。"吴云尊听后直接推开门："陈超宇，你把刚才说的话再说一遍！"

陈超宇没理会吴云尊，继续玩电脑，吴云尊过去直接胡乱敲击他的键盘，这回陈超宇大声说："你他妈想怎么着？"吴云尊指着他鼻子说："把你的声音给我放低，从现在开始你再大声说一个字我就对你不客气！你算什么东西？素质低还猖狂，今天我必须教训你。"

李余文、张言都过来劝架，吴云尊说："你们都闪开，这小子刚才跟你们说什么了你们给我重复一遍。"李余文笑着说："兄弟，都一个宿舍的，算了吧，这事怪我行吧。你看都这么晚了也该睡觉了，大家都上床睡吧，有事明天再说。"

陈超宇听后直接上床了，吴云尊看了下时间挺晚了，别影响其他宿舍休息，于是也上床了。

晚间陈超宇时不时地摇晃床，耳机公放音乐几次，但时间都很短，就几秒，吴云尊感到他是在找事，因为连续1个小时他都这样。吴云尊说："把你的耳机带上，别影响我休息。"结果陈超宇没理会他，继续自己的事。

吴云尊知道看来不教训他是不行了，这事他打算自己解决，刚来就找导员反映这事不合适，再加上这类事导员也不好处理。陈超宇这种人和他讲理等于对牛弹琴，他下床，穿好衣服，突然伸手抓住了陈超宇的床腿，用力摇晃陈超宇的床，床差点被他弄翻。

陈超宇突然起身："你想打架是吗？"

一招制敌

吴云尊说："下来穿好衣服，跟我去趟厕所聊聊。"

陈超宇下来后穿好衣服，跟着吴云尊往厕所走去。吴云尊心想："这小子实在不懂事，今天不出手教训他以后肯定还得出手，一会就别打他要害部位，别出事，先给他一个寸腿试试！"

寸腿是吴云尊的绝招之一，对付普通人绝对没问题。

寸腿和咏春的寸拳有异曲同工之妙，都是短距离爆发出一股寸劲，这股爆发力是自己正常力量的2~3倍！吴云尊在初中时有一个同学每次和他打架都狠狠踢他的小腿面，小腿面正面的皮肤是非常薄的，所以很怕踢，吴云尊每次被他踢了之后都痛好几天，于是吴云尊打算以后自己也用这招踢他，有一次两人又发生矛盾了，放学后吴云尊在校门口等着他，他一出来吴云尊上去一脚正面踢在他小腿面上！他直接蹲下捂着腿痛得直叫！后来得知他的小腿面被自己踢破了。之后吴云尊学了咏春拳，掌握了寸拳的爆发力后将这股寸劲转化成腿法，于是就有了吴云尊式寸腿！

待会吴云尊打算先给他一个寸腿，然后见机行事，踢他的腿也出不了大事。

两人刚进厕所吴云尊突然回身凝聚了浑身之力给了陈超宇小腿面上一脚！陈超宇没反应过来，被踢了之后大叫一声，然后吴云尊双手锁住了他的脖子，陈超宇此时动弹不得，过了几十秒后，吴云尊说："跟我打架你太嫩了，不是我说大话，再加上几个你我也能对付。"

陈超宇这回怕了："哥们，你先松手，我的腿痛。不打了，咱们好商量。"

得饶人处且饶人，吴云尊知道毕竟一个宿舍的，今天达到目的就行了："行，咱们好好聊聊。"说完松手了，陈超宇立刻蹲下捂着自己的小腿。

陈超宇此时痛得面目狰狞："哥们，你也太狠了，没想到你这么能打，打架我还真没见过你这么厉害的。"

吴云尊双手抱臂："我真的不想和你动手，伤和气，都是同学，可你说说你是不是很过分？这几天我想和你好好谈谈，可你都不给我机会，另外大家住一起就是缘分，你总影响大家休息合适吗？"

陈超宇说："这会儿我知道了，不合适，以后我改了。"

吴云尊笑了："那就好，咱俩也是不打不相识，以后都是一起住的，你有事说话。"

陈超宇说："好，今天是我不对，我就是平时爱玩，以后到了11点我就睡了，或者出去到别的宿舍玩。"

吴云尊说："那就好，今天你还背后让他们孤立我，以后有事咱们多沟通，别干这类事，真的很不好。"说完吴云尊伸出了手，两人握手言和了。

当晚大家一起制定了宿舍规矩，平时都11点就睡，听歌戴上耳机，以后生活上有什么建议几人之间随时说。

第二天中午，陈超宇跟吴云尊说："兄弟，跟你说个事，你别冲动。"

吴云尊说："直说。"他猜到可能不是小事。

陈超宇说："廖明他知道昨晚的事了，今天他想晚上来宿舍找我玩游戏，我跟他说了别来，并把咱们宿舍制定规矩的事跟他讲了，他说要和你谈谈。一会儿就来宿舍找你。你不知道，我不算混子，廖明那帮国贸的才算，学校里半数的富二代都是国贸的。他们来学校就是混来的，我只是跟着他们混。而且专业里都说我有背景那是别人传错了，因为我总和廖明他们一起，所以大家认为我也有背景，实际上有背景的都是那些国贸专业的。"

吴云尊说："行，知道了，记住，没你的事，一会儿让他来吧。我看看他有什么能耐。"吴云尊心想："昨晚就感觉到问题可能不是出在陈超宇身上，陈超宇并不算浑人，晚上来宿舍玩游戏的事肯定另有他人指使，陈超宇只不过是提供玩游戏场所的人，所以吴云尊单方面提出不让他玩游戏陈超宇自己也做不了主，这回幕后的人出来了，听陈超宇的口气这个廖明挺麻烦。"

想到这里，宿舍门开了，只见廖明一个人来了，进来后冲吴云尊说："是你不让我们晚上来宿舍的吗？"吴云尊听门外有动静，来的不只是廖明一个人。

毒蛇出洞

廖明神色极其猖狂，手指着吴云尊大声说："告诉你，宿舍的事你管不了！"

吴云尊起身抓住廖明的手指头用力往上掰，廖明瞬间半蹲下大叫起来。掰手指头这招也是很常见的，一般在搏斗中别给对方抓住自己手指头的机会。

突然有一只手抓住了吴云尊的胳臂，吴云尊一看是个面向斯文的男生，但眼神里充满了不屑。男生说："松开！"说完宿舍门外站进来十来个人。

吴云尊见状心想："果然还有人，可没想到来了这么多，他们应该是陈超宇所说的国贸专业的那群富二代吧，这个戴眼镜挺斯文的应该是他们的头儿。对方人多，尽量别和他们动手，见机行事吧，不然真打起来保不齐有人受伤。"吴云尊松开了廖明："你是哪位？我们宿舍的事不用你们管吧？"

男生说："我叫张朝新，廖明是我一个小兄弟，宿舍的事我今天听说了，你刚来挺霸道啊。"吴云尊说："我住这个宿舍，有权利维护我的环境，我做的事都是为了宿舍安静，没有不对的，一直都是廖明不讲理，你刚才也看见了，连好好说话都不会了。"吴云尊想先和他讲讲理。

没想到张朝新说："兄弟，你刚来应该老实点，我不管你太多，以后宿舍的事你别管了。"说完点了一根烟。

吴云尊琢磨："这也是个不讲理的，我只能给他们点颜色看看。他们是不知道我的厉害！"于是吴云尊立刻从柜子里拿出了双截棍，突然回身往张朝新打去，在不到一秒钟的时间就把张朝新嘴里叼的烟头给打掉了！

吴云尊用的这招叫电光一闪，是他自己发明的，其原理就是入门十二式的苏秦背剑，苏秦背剑是下劈，而电光一闪上撩，先用手握住两根棍，然后手改握一根，同时向上发力，使另一个棍子从下朝上发出达到目标，这招算有些难度，因为如果操作不当整个棍子可能飞出去。双截棍的招数都是万变不离其宗，只要掌握了基本的套路，今后自己可以发明新的招数。

没等张朝新反应过来，吴云尊继续给了他一个雪花盖顶，一下子蹭了他的头发，但没有打到他的脑袋，这个操作在实战中也是有难度的，毕竟张朝新抽烟可能下一秒会动，所以出招必须快，果断。吴云尊发出这两招就是让他们看看，自己想打架早就打了，他们不是对手！

张朝新被突如其来的双截棍镇住了，其他人没想到吴云尊怎么还会双截棍。张朝新叫了一声："打他！"可话音没落就被吴云尊一手抓住了脖领子，吴云尊瞬间发力一下子把他摔在了地上，然后用双截棍发出一招毒蛇吐信重重地打在了宿舍的铁柜子上，声音极响！吴云尊说："都他妈站那里别动，没你们的事！今天别看你们人多，要是打起来还不知道谁厉害呢！"吴云尊打算镇住他们算了，如果镇不住那就只有动手了。

张朝新爬了起来："行，算你厉害，可能我们真的打不过你，但周五你敢跟我码一架吗？"吴云尊一听这小子还挺顽固，正面打不过还想跟我码架，但是自己要是不答应他码架等于面子上也输了，并且也助长了他的气焰！于是说："你这人怎么这么不懂事？看来你是没吃过亏，我把该说的都说了，好吧，那就周五，时间地点你定。"

张朝新说："那就周五4点，学校南门外。"吴云尊立刻说："行，谁不来谁孙子！到时候打出事都得按规矩来，谁也不能追究责任，今天咱们当着你兄弟们的面可得说好了！"

张朝新笑了："放心，我懂这规矩。"

吴云尊用双截棍的一端穿过了把门把手，往侧面一拉门开了："不送！"

张朝新走后宿舍里李余文等三人都很惊讶："哥们，你太厉害了，你双截棍学了多久？没想到你还有这手绝活，他们平时就是欺负人习惯了，遇到硬的也怕。"吴云尊问："这个张朝新什么来头？"

陈超宇说："他是朝阳区本地人，在学校里罩着廖明，并且和学生会的人很熟，因为他父亲开了几家酒吧，学校外联赞助等都找他，他家听说在朝阳挺有势力的，具体他周五找什么人我真的不知道，他好像没和别人码过架，今天他说码架我都没反应过来。"吴云尊说："好吧，他是不知道我的手段，周五我倒想看看有什么名堂！"

旧友重逢

今天正式开学了，导员让吴云尊上第一节课前在大家面前做个自我介绍。吴云尊知道今天就要和夏婉露见面了，不知道她现在怎么样了。

去教室的路上吴云尊心中百感交集，有些事的确挺巧，他心里最犹豫的是到底追不追夏婉露，究竟把她当作好朋友还是女朋友，虽然很多情侣发展成男女朋友都是从好朋友开始的，但是……

到了教室里同学还没来齐，班长郭么丑介绍了他宿舍的同学，分别叫周福、彭辉、梁志。大家都很热情，马上就聊了起来。随后班里的同学基本到齐了，吴云尊找了半天也没找到夏婉露，导员进屋后点名，发现只有夏婉露没到。随后吴云尊上台自我介绍，这时夏婉露刚好进来，她突然看到吴云尊表情十分惊讶，吴云尊心里也有种说不出的感觉。

上课时夏婉露时常回头看他，吴云尊朝她微笑了一下。现在的夏婉露给他的感觉不一样了，染了黄发，虽然比原来更艳丽，但是略显成熟了，少了高中时候的那种清纯。

课间时吴云尊走到了她旁边，说："嘿，以后一起上课了，还是校友还是一个专业的。"

夏婉露问："你，你怎么转学到这里？"

吴云尊淡淡地说道："一言难尽，改天有空我和你说。"

夏婉露看着他："好吧，看来咱们还真是有缘。"

吴云尊笑了："那当然，就今晚吧，我请你吃饭，出来聊聊。"

夏婉露立刻说："我请你，今晚我带你去学校附近最好的地方。"

吴云尊说："好，我其实有很多话想和你说。"

正当两人聊天的时候吴云尊身后突然有个女生的声音，声音十分甜美诱惑："你是新来的同学吧？"话音刚落一只手拍在了吴云尊的肩膀上。

吴云尊回头一看，只见一个金发美女在自己身后，楚楚动人，颜值不在夏婉露之下。她说："我叫凌千语，吴云尊你的名字挺有趣的。"没等吴云尊说话，夏婉露先开口了："云尊，晚上6点到我宿舍楼下等我。"凌千语笑着说："哎呦，你俩刚认识就出去吃饭，行啊你。"

夏婉露听后说："我们是高中同学，没你事儿。"语气里带着些烦躁，一旁的吴云尊看出来两人可能不和。

下课后凌千语主动加了吴云尊QQ和人人网，并告诉吴云尊明天中午学校社团招新，让吴云尊去看看，她是街舞社的社长。

晚上吴云尊在宿舍楼下等夏婉露时，见到凌千语从身后出现，她说："等她呢吧，她没有时间观念，你得多等会儿。"吴云尊正好想了解下她和夏婉露之间什么情况："千语，你和夏婉露挺熟的吧。"

凌千语说："当然啦，但肯定没你俩熟。"话没说完，她哎呦了一声："今天我忘了一件事，明天社团招新，今晚我需要在学校的图书馆前把桌子摆好，可是这么晚了，去哪里找人，你帮帮我吧，就一个大桌子，咱俩去阶梯教室搬一个出来吧。"说完去拉吴云尊胳臂。

吴云尊为难地说："对不起千语，我和夏婉露约好了今晚去吃饭的，我让宿舍的朋友下来一个帮你去搬。"

凌千语努着嘴："不行，就你了，哎呀，你这人怎么这样，就找你帮个小忙你就不愿意了。"

此时吴云尊看到夏婉露出来了，今晚她精心打扮得更加漂亮了，这时凌千语的手还没有离开吴云尊的胳臂。夏婉露跟凌千语说："怎么了，你也想和我们去吃饭？"

凌千语松开了手："你们去吧。"说完就走了。走后夏婉露看着她的背影面色有些难看。

路上吴云尊把刚才事说了，问："婉露，她好像很想和我当朋友。"夏婉露说："别理她，她不是好东西！"

人是感非

吴云尊感觉她们俩可能有矛盾："你俩是不是有过节？"

夏婉露说："对，哎，女孩之间的事很复杂，不像你们男生之间好相处。"

一会儿到了餐厅，吃饭时夏婉露点了一根烟，吴云尊没想到她竟然开始抽烟了，说："婉露，你现在怎么抽烟了？"他认为女孩子抽烟很不好，对身体的危害超过男人。

夏婉露吐了一个烟圈："去年开始抽的，心烦。"吴云尊严肃地说："我告诉你，赶紧把烟戒了，不然以后就戒不掉了，我初中开始就抽烟，到了高一感觉上瘾了，不抽烟时候感觉嗓子很痒，然后我意识到自己上瘾了，于是就忍了好几天没抽烟，最后戒了。"

夏婉露不在意地笑了："没事，你别大惊小怪的。"吴云尊说："你是女孩子，更得注意身体，吸烟没好处，以后别抽烟了，起码我看见你抽烟我就得管，现在赶紧把烟掐了。"

夏婉露把烟掐了："认识你这么久还没发现你这么爱管我。"吴云尊说："我是把你当自己人，别人谁爱抽烟谁抽，可我看见你抽烟我就难受，再说了你父母知道你抽烟能接受吗？"

夏婉露说："行了，越说你越来劲了。"吴云尊说："婉露，咱俩之前有些误会，严格来说是你对我的误会，我真的不是你想象的坏人。"

夏婉露立刻说："别说那事了，今天我请你吃饭就是想表达一下我的歉意，之前是我太自以为是了，失去了你这个朋友后我心里也很难受，上了大学后感觉身边的知心朋友少多了，尤其是女孩子之间，大学里没几个是真心的朋友。"

吴云尊听了夏婉露的话心里舒服多了："婉露，别太在意之前的误会，咱俩今天和好了，以后的感情只会比原来更好，来，干一杯。"

夏婉露说："给我讲讲你为什么转学吧，先别说，我猜猜啊，你把人打了对吗？"

吴云尊笑了："猜对了，这次转学真的是迫不得已，我也舍不得之前那些朋友。"之后把转学的事跟夏婉露大概说了一遍。

夏婉露听后："你真牛逼！果然不是一般人，你来到帝旦说明咱俩真的有缘，以后我在学校里受欺负了你可得罩着我。"

吴云尊果断地说："没问题，你不说我也不能让任何人欺负你！"

夏婉露问："交女朋友了吗？"

吴云尊说："现在是单身，你呢？"

夏婉露沉默了一会儿："我也是单身，大一时交往了一个，别提了。"说完面色有些难看，手里拿起一根烟点了火。

吴云尊此时心里有种莫名的不爽，感到夏婉露似乎被那个男的影响了，看到夏婉露又点烟了，说："掐了，干什么呢，你失恋了自己不痛快也不能用抽烟来折磨自己！怎么还跟个小孩似的。"

夏婉露又把烟掐了："云尊，我是心烦，以后慢慢戒烟吧。再说说你的事吧，我想听。"

两人几句话就如同回到了高中那会儿，毕竟又在一起上学了，校内存知己，真心朋友是不会计较一些误会的。之后聊了一些高中的事，回到宿舍已经很晚了，吴云尊看着夏婉露的背影，感觉她没变，但又变了……

最终吴云尊打算先把她当作好朋友吧，因为夏婉露身上好像没有了高中时给他的感觉……

回到宿舍，李余文说："云尊，后天就周五了，你打算如何应付？"吴云尊淡淡地说道："明天下午4点南门的码架我一定去，我也找点人吧，以防万一。"

第二天吴云尊给刘将才打了电话说了经过，电话里刘将才说："明天中午我去找你，那小子我听你一说应该是个欺软怕硬的货，怎么还有勇气和你码架，这类人应该是有背景。"

吴云尊说："你看有必要找点人来吗？我刚来学校真心不想出事。"

刘将才说："那就先别叫人，打的话也别在学校附近打，可以和他约到其他地方打，再说也可能那小子那天要面子才说和你码架，实际上可能不敢真去。明天下午咱们准时去，你先别露面，我先到南门看看情况，到时随机应变。"

周五之约

时间到了周五，刘将才中午直接去吴云尊宿舍找他，两人在学校里走了走，刘将才说："这种人我估计就是好面子，跟你说码架估计是吹牛，他看你这么厉害，哪敢和你再打，现在唯一的可能性就是他可能认识点社会上的人，一会下午我先去，有情况我给你打电话，你刚来学校，如果他真叫人了，最好也别在学校门口打，咱们跟他再约。"吴云尊同意了他的看法。

话刚说完在前方不远处亭子里有个女生好像在等人，刘将才说："这个不错，是我喜欢的类型，我去搭讪搭讪。"

刘将才刚过去，没等说话不远处过来一个男生，这人不是别人，正是张朝新，吴云尊也从远处走来。

张朝新见吴云尊过来了，笑着说："你好。"

吴云尊跟刘将才说："这就是张朝新。"

吴云尊对张朝新说："下午4点不见不散。"刘将才说："小子，听说你想和云尊码架，这样吧，我陪你，他刚转学到这，不方便在学校门口码架，你说个地点，只要不在学校附近我陪你。"

张朝新哈哈一笑："这位兄弟说话真幽默，前几天的事是个误会，不打了。"在一旁的女孩却说："不怕他们，要码架就来，跟他们约。"

吴云尊一听，说："你说不打了就不打了，你那天不说要收拾我吗？我把人都找来了，也把别人时间耽误了。"

刘将才二话没说就把他按在了石桌上："小子，你要我们是吗？刚才你女朋友说让你码架，别怂，我陪你。"张朝新试图反抗，毕竟女朋友在身边，可刘将才是何许人也，张朝新死活也挣脱不开。

吴云尊说："行了，松开他吧。"张朝新起身后脸都红了，吴云尊指着他说："告诉你，今后别没事找事，我要想打你什么时候不行？一直就是没想真打你，懂吗？还有今后别吹牛，遇到狠人可不饶你。"

张朝新立刻道歉："云尊，还有这位大哥，是我错了，抱歉。"说完拉着女朋友走了。

他们走后吴云尊说："哎，这都是什么人啊。真被你给说中了，他就是在吹牛，装呢。"

刘将才说："这种人原来咱们上学时候也有，就是你没留意，走吧，去学校的篮球场打打球。"

吴云尊说："行，晚上请你唱歌。"

下午正好没课，两人打了篮球先回宿舍洗脸凉快下，到了宿舍李余文说："云尊，刚才张朝新来宿舍找你，好像要和你打架！"吴云尊很诧异："什么？！刚才我已经教训他了，他怎么又来了？"

还没说完吴云尊的手机响了，一个陌生的号码，接通后："是吴云尊吗？我是张朝新，你现在来一趟学校南门，这里有人找你！"电话里的口气十分嚣张，吴云尊听后十分生气："你他妈没完了是吗？行，我这就过去。"

电话里张朝新继续说："把你那兄弟也叫来，今天别怂啊！"吴云尊听后大声说："你算什么东西？你给我等着，今天非得揍你。"

刘将才深吸一口烟："先别冲动，这事有点不对劲……"

吴云尊说："的确，这小子出尔反尔，他说有人找我，估计肯定不是一般人，咱们的厉害他已经见识了，他应该不敢再找事的。"吴云尊把双截棍拿了出来："带上双截棍，这事冲着我来的，现在不去不行，今天咱们也不怕事，他们要是先动手咱们就和他们干！"

刘将才说："不去的确不好，本来就是你有理，他既然如此没完没了，咱们就去看看，见机行事吧。"

气势磅礴

吴云尊和刘将才出了宿舍楼，吴云尊说："一会你先在远处看着，有事随机应变。我自己一个人去，张朝新这小子可能找了一帮人，码架的话我就叫你一个人不太好看，现在也来不及找人了，这小子出尔反尔。"

刘将才说："有道理，就按你说的来，不行就跟他们来硬的。"

吴云尊说："嗯，不到迫不得已你别露面，主要看看他叫的是什么人。"说完吴云尊一人到了南门。

南门的环境相对开阔，门前是学校开阔的广场，吴云尊把双截棍揣在了裤子后兜里，以便危急关头使用。

只见南门不远处有一群人，大概有20多人，张朝新站在中间，附近停了几辆豪车，中间的是宝马7系，其他的有保时捷卡宴、路虎、捷豹等。吴云尊感觉这事不简单，这些人里肯定有一定的背景，或者就是学校的纨绔子弟。

吴云尊上前指着张朝新大声说："张朝新，你出尔反尔，中午跟我这认怂了，现在又要和我码架，中午你认怂了，我就没叫人，今天我自己陪你们，想怎么着来吧！"吴云尊一人站在广场中央，声音盖过全场，张朝新见了吴云尊不由得后退几步。

突然人群中出来了一个男的，走过来说："兄弟，张朝新是我弟，中午是你打他了吗？"

吴云尊见此人说话沉稳，行为举止成熟，不像是一般的学生，说："是我打的，你想怎么着？我刚来本不想打架，但是你们非要跟我打我随时奉陪，码架的话今天你们出尔反尔，以后选个时间我奉陪。"

话音刚落后面冲出来一个男的，染了一头卷毛，冲着吴云尊说："告诉你，别太狂了！"吴云尊知道可能要动手了，运足力气凝聚在右拳之上，说："你算什么玩意？再说一遍！"一旁的男的对吴云尊说："先别急，他是咱们学校的跆拳道社社长，习武之人脾气有些急躁。"

吴云尊笑了一声，不屑地说："呵呵，就这样的我五招之内让他趴下！"卷毛社长刚要说话被那个男的制止，男的说："我是学校的学生会主席，我叫董可，今天来不是和你打架的。"

吴云尊说："不是打架？那他刚才想干吗？"他指着卷毛社长说，吴云尊心想："估计是董可看我是个硬茬子所以不知道该怎么办了，要是讲理的话就不应该约我来南门，这群人就是见人下菜碟。"

没等董可说话，后面走出来一个中年人，微笑着伸出手说："同学你好，有话咱们好好说，今天我们真的没想打架，可能是刚才张朝新电话里说了不该说的，引起了咱们之间的误会，哈哈，我是他的父亲，我在朝阳开了家酒吧，今天正好张朝新请这群同学到我那酒吧玩，刚才临时说有个同学和他发生了矛盾，我让他给你打个电话过来聊聊，真不是打架。"

说完吴云尊说："叔叔，您好，既然您这么说了，看来就是个误会，张朝新电话里口气特别强硬，换作谁听了都跟要打架一样。"中年人拍了吴云尊肩膀说："小伙子，我这过来人了，看到你我就想起我年轻那会儿，同学之间有矛盾正常，中午我听说你找人把他给教训了？哈哈，我这孩子什么样我知道，他之前不对的地方我现在向你道歉。"说完再次伸出手和吴云尊握手。

吴云尊见此人如此讲理，立刻握手说："叔叔，那看来今天就是个误会，刚才我脾气急，也有不对的地方。"中年人回头跟张朝新说："小兔崽子，我让你打电话把同学叫来，你怎么打的电话？刚才这同学来了大声喊我就觉得不对劲，本来是一件小事你非得闹大，以后都是一起生活的伙伴，到现在我还不知道你们因为什么起冲突呢。"吴云尊大概说了之前的经过，没等吴云尊说完，中年人回身揪住了张朝新脖领子说："这事就一次，以后再有类似的事别找我，人家打断了你的腿也活该。"

吴云尊心想："事情已经明白了，他父亲这人不错，给足我面子，我也得打个圆场。"于是说："叔叔，您别急，以后我和张朝新都是同学，这就是个小插曲，真没事。"

中年人说："那就好，还是你懂事。以后同学一起都应该团结。"然后向吴云尊寒暄几句后走了。吴云尊发现人群里有个女生一直在看他，仔细一看，原来是凌千语，凌千语在学校里跟张朝新他们玩得不错，临走时凌千语冲他笑了很久。

社团招新

刘将才知道后说："既然张朝新他爸出面了也很讲理，这事就算了。"吴云尊说："对，怎么说人家也给足我面子了。"

晚上回宿舍得知下周一中午社团招新，之前凌千语也和他说过，记得凌千语是街舞社的社长，他打算明天也加入几个社团。

周一中午图书馆门口，挤满了参加各社团招新的学生，吴云尊今天打算加入学校的武道社类似的社团，突然有人在背后拍了一下他的肩膀，回头一看是凌千语，今天她打扮得异常漂亮，吴云尊说："千语你好，今天挺忙吧。"

凌千语嘿嘿一笑："还行吧，来，看看我们街舞社，你一定要加入，因为社里经管院的就我一个人，我还是社长，多不好看啊。"

吴云尊答应道："没问题，就冲这点我也得加入。"

凌千语拉住了吴云尊的胳臂，把他带到了街舞社那里，社里的同学正在表演街舞，吸引了不少同学，吴云尊说："千语，学校里有几个武道社？目前我就知道有个跆拳道社，其他的还有吗？"凌千语说："嘿嘿，我猜你就想加入武道社，上周的事我都了解了，你还真是深藏不露。"

吴云尊笑了："还行吧，爱好而已。"凌千语说："那天你真威武，单刀赴会，佩服。"向吴云尊做个作揖动作，样子十分可爱。

吴云尊说："那都是小事，说说有几个武道社吧？"凌千语说："学校里就两个，一个就是跆拳道社，社长上周你也见过了，他其实不怎么厉害，听说段位都是托关系买的，现在的跆拳道黑带有些人都是花钱买的这大家都知道，还有一个社团今天好像没来，这个社团的社长听说是个高手，叫什么名字我给忘了。"

吴云尊心想："希望是个高手，以后有不懂的可以随时请教，现在学武术的人很少，有点真功夫的少之又少，自己的功夫一半都是自学和实战中悟出来的，目前想找个比自己厉害的人都不容易，包括有些武术班的教练，水平也不高，真打起来可能还打不过自己呢。"于是说："千语，那这个社团平时在哪里活动？"

凌千语说："我给你问问吧，记得上学期他们人可多了，好像活动地点不固定。"吴云尊说："好。"

下午上课时，凌千语主动坐在了吴云尊旁边，给他买了奶茶，不停地和他说话，吴云尊认为她很有幽默感，很会说话，两人关系迅速升温了。

晚间吴云尊心里不知为什么总会想起凌千语，难道自己喜欢上她了？不会吧，记得夏婉露说过她不是好人，而且她和张朝新那些人混在一起肯定也不是什么纯洁少女，还是算了吧，可能是因为她漂亮吸引我了吧。

吴云尊和宿舍几个人说起了凌千语，没想到宿舍的几个人虽然和自己不是一个专业的，但一听是凌千语都有话说，陈超宇先说："她的确不是好东西，大一时候就交过很多男朋友，听说她特势利，总想和有钱人好，好像交往过一个富二代，可是人家开宝马上学的，必然抢手，最后好像不欢而散了。"

张言说："对，这事我也听说了，还有一个学校音乐社社长汪岩，这个人算是知名人物，也和她交往过，听说两人经常去开房，最后不知道为什么也分手了，她好像和你那个高中同学夏婉露是一个宿舍的，她的事你可以问问夏婉露。"吴云尊听到这里说："对，夏婉露肯定对她的事了如指掌，回头我问问她。"

吴云尊听了这些话后心里其实很不是滋味，突然QQ有新消息，一看是夏婉露的："云尊，没睡呢吧，问你个事。"吴云尊看后感觉应该和凌千语有关，说："我也正好有事找你呢。"

夏婉露说："你最近是不是和凌千语走得很近？"吴云尊说："就今天近吧，不是很熟悉。"

夏婉露沉默了五分钟说："明天见面和你细说吧，最好离她远一些。"

意出望外

　　吴云尊知道夏婉露和凌千语之间有矛盾，但细节不清楚，正好打算问问，次日中午两人在小树林见面，夏婉露说："最近我看你和凌千语走得很近，她回宿舍总提起你呢。"

　　吴云尊看着远方："还行吧，我认为她很热情，她是我来学校里第一个新的女生朋友。"

　　夏婉露呵呵一笑："你了解她吗？估计你知道她的过去后肯定不理她了。"

　　吴云尊很诧异："她是不是有什么不光彩的事？实不相瞒我听我们宿舍的人提起她也说她这人不好。"

　　夏婉露说："这么说吧，她现在接近你就是想和你交男女朋友，她目的性强，总追求一些条件好的男生，你刚转学过来，她认为你有背景，想依靠你，懂吗？"

　　吴云尊点头："嗯，我感觉到了，她在我面前很主动，但是我对她没那种感觉，不过她真的很漂亮。"

夏婉露严肃地说："难道你是完全以貌取人的男生吗？不在意她的过去和人品吗？"

吴云尊说："在意，但是……"

夏婉露打断了："但是什么，我今天就是想给你讲讲她的事，因为你是我的好朋友，我不想让你和她走太近，这样对你的影响也不好，你不了解她才和她成为朋友，你要找女朋友肯定能找到比她更好的。"

吴云尊听后心想："这个凌千语肯定不简单，不然夏婉露不会劝我的，正好省着我问了，先听听。"夏婉露坐在了木椅上，说："她和我一个宿舍的，她的事情我都知道，我就挑几个典型的和你说吧，大一时候她有个前男友叫汪岩，是咱们学校音乐社社长，他俩总去开房，结果有一天他俩喝了点酒，把他们俩开房时裸体的样子给照相了，然后发到人人网上去了，大家都看了，后来汪岩酒后后悔了，照片虽然删除了，但不少人都看到了，这俩人在学校里就这么出名了。"

吴云尊听后十分惊讶："她一个女孩被男的拍裸体照发到网上去，为什么不拒绝？"

夏婉露笑了："她不要脸呗，没准她还愿意呢，还有他俩分手时我和凌千语一起出宿舍，看到汪岩正在宿舍楼下等她，没想到汪岩冲过来打凌千语，打得特狠，两脚就把凌千语踢趴了，后来被同学劝开了，凌千语当天被打得挺严重，送校医室了，最后她没有追究汪岩的责任，系里把这事压下来了。"吴云尊问："为什么打她？"

夏婉露说："听我接着说，你看你还着急呢，难道是真喜欢上她了？后来我才知道前一个晚上两人去夜店，凌千语喝多了和夜店里其他人发生了关系，之后大家都说和她发生关系的男生也是咱们学校的，呵呵，这会儿你理解为什么我让你离她远点了吧，和这种人一起会影响你的形象。"吴云尊听后说："知道了，看来这人真的不行，她估计是认为我有背景，才主动接近我吧。"

夏婉露拍了一下巴掌："对，理解得很透彻。"起身绕着吴云尊走："这只是她其中的一件事而已，诸如此类的事情可多了，她玩的都是社会上那套，总之别理她。"

吴云尊说："好，可是她以后再主动找我，我也不能不和她说话。"夏婉露说："你就慢慢远离，她脸皮厚，的确可能再纠缠你一段时间。"

吴云尊问："还有个事，我不知道该不该问。"夏婉露说："问，咱俩之间没什么不能问的。"

吴云尊说："你俩之间是不是有很深的矛盾啊，我觉得你好像对她有一点附加的情绪。"夏婉露沉默了一会儿："对，我就是讨厌她，既然你问了，我就直说吧，大一时候我交往过一个男朋友，这个男的是凌千语的前男友，家里很有钱，有三辆豪车，每周上学都开车，他是和凌千语分了之后才跟我好的，凌千语知道我们交往后，就处处针对我，背后说我是图人家的钱，说我不要脸抢她的男朋友等，之后我们也不合适分了。"

听到这里吴云尊感到事情开始小复杂了，没想到牵涉了夏婉露的男朋友，并且听到夏婉露交往男朋友他心里莫名地不爽了一下。听夏婉露继续说："有一天我没在宿舍，凌千语变本加厉，去水房接了一盆水，泼到我宿舍的床上，那个时候是冬天……"

犹怜残花

说到这里夏婉露面上露出憎恨之色："她趁我不在宿舍时候，往我床上泼了一盆凉水，大冬天的我没法睡了，你也知道我们女生之间一般不动手，遇到这种人算我倒霉，而且她在学校里认识的人多，和她硬着来我不是对手，那次我就忍了。"

吴云尊打断说："要是我在的话不能让任何人这么对你。"

夏婉露接着说："之后我就自己出去住了，自己开了个房，没办法，褥子都湿了没法睡。"停顿了一会儿说："云尊，那个时候我真的很无助，身边没有一个人真正帮我，因为我认识的人凌千语都认识，还都向着她，哎，更可气的是第二天我回宿舍，听同学们说凌千语和大家说昨晚我没回来住因为我和男朋友分手了心里不舒服，自己出去找刺激，和别的男人开房去了！"说到这里夏婉露声音突然大了，可见这件事对她来说伤害挺大的。

吴云尊听后十分气愤："真是可恶，这个凌千语我得找她，好好批评下她！"夏婉露说："算了，都过去的事了。"

　　今天下午没课，吴云尊独自在学校里遛弯，心中对凌千语这个人有了新的认识后感觉她有些可惜，那么漂亮的一个女孩子，怎么就不学好呢？另外得让她今后别再和夏婉露较劲，再好好教育下她，希望她从今以后能走正路。

　　想到这里走到图书馆，在公告栏上看到了学生会招聘的信息，他想参加学生会，多认识些朋友，还想多参加文艺晚会，展现他的才艺，例如双截棍，现在他的水平比起在故渊大学时候提升了不少，他也想表演展示下。加入学生会文艺部是第一步，他知道很多大型晚会都是文艺部说了算，还是有熟人好说话，因为有的晚会节目数量有限，不少人都托关系上，所以自己也不能落下，看了下文艺部报名时间，时间已经过了，他打算找下主管学生会的老师反映下能不能让他报名面试。

　　经过打听得知主管学生会的老师叫师宁，是个美女，同学们平时都说这人脾气大，喜欢装，总之对这个女人没好话，吴云尊到了她办公室后说："师老师，您好，我想报名学生会的文艺部，可惜报名时间过了，我也问了负责报名的同学，他说让我和您说下看看能不能把我加上。"

　　吴云尊说完后师宁一直坐在那里没有看他，这令吴云尊挺不爽的，等了一会师宁漫不经心地说："过了报名时间肯定不行，这不是你想参加就能就参加的，再说文艺部更是审核严格，你走吧，我一会儿还开会。"

　　吴云尊想先沉住气，想想办法再说，于是先走了。他静静地想了下，在学校里自己的关系是王九祥校长，他也说过有事就找他，可这件小事找他不合适吧，虽然是个积极的事情。

　　突然手机响了，接通后："你好，是吴云尊吗？"吴云尊电话里说："是的，您是？"

"我是教务处的张处长，你来趟教务处找我。"

到了教务处处长室后，张处长很热情地接待他："云尊，坐，开学这段时间感觉如何？适应吗？"吴云尊立刻说："适应，适应，谢谢您想着我。"

张处长笑了："哈哈，小伙子一看就是个懂事的人，王校长这两个月出国了，前天他走的时候跟我说了，让你有困难随时找我。"吴云尊心想："王校长这人真不错，太仗义了。"于是说："真的太感谢领导对我的关心，我真的很好。"

张处长问："真的没事？"吴云尊想了下，可以把想参加学生会文艺部的事情和张处长说说："处长，我想参加学生会的文艺部，可是今天我一看报名时间过了，我刚才找了师宁老师，可是她说时间过了就不让我报名面试了。"

没等吴云尊说完，张处长直接拨通手机："师宁吗，有个孩子叫吴云尊，他是这学期转学到咱们学校的，我认为这孩子很优秀，想参加学生会文艺部，你就让他直接加入吧，特殊情况，对，他很优秀，没错，好的。"挂了之后张处长说："你已经加入文艺部了，我特殊推荐你的！"

前倨后恭

吴云尊听后十分高兴："太好了，张处长，真是谢谢您！"

张处长喝了一口茶："去找师宁老师吧，让她给你安排学生会的任务，好好干。"

吴云尊说："好，一定。"说完就去找师宁了。

到了办公室，师宁一看到吴云尊进来，立刻起身说："坐，刚才我不知道你是转学来的，张处长已经和我说了，你很优秀，和我聊聊为什么要参加学生会？"此时师宁的态度一百八十度大转弯儿，好像变了一个人。吴云尊坐下后："我个人喜欢学生会工作，文艺部的工作对我来说很适合，个人很喜欢文艺表演，有一定的研究。"

师宁听后说："这样啊，那很好，刚才我已经叫文艺部两个部长来，等会你们见个面，现在文艺部主要在忙月底的迎新晚会，你也加入吧。"吴云尊说："好的，文艺晚会我想报个节目。"

师宁说："好啊，你有什么特长？"吴云尊说："双截棍。"

"双截棍？在学校里据我所知只有一个人表演过，你的水平怎么样？"师宁惊讶地问。"还可以，我之前没有参加过正式的晚会表演，但我会尽力。"吴云尊说。

"是这样的，去年有个学生表演双截棍，可当场失误了，棍子脱手飞了出去，还打到了吴雨吴校长身上！"师宁描述道。"还有这事，那您看……"吴云尊心里其实还是想表演的，毕竟自己也想知道目前自己水平的表演效果。

"一会把节目给你报上，彩排的时候我亲自去看看，只要你保证没有失误就好，这次迎新晚会算学校里最大型的晚会，领导都去，观看的学生也很多，能上去的节目都是精挑细选的。"师宁慢慢地说。"那好，我一定尽力，这些天我一定好好练习，一定避免脱手掉棍等失误。"吴云尊坚定地说，其实他也没有十足把握，因为毕竟之前也没有表演经验。

刚说完，学生会文艺部的两个部长来了，其中一个竟然是凌千语，凌千语依然看着他笑，师宁说："这就是新加入文艺部的成员，他叫吴云尊，一会正好你们开会，带他去，这次晚会节目彩排加一个双截棍，他的功夫很好。"

凌千语说："好的老师，来，跟我走。"说完去了会议室。在会议室里吴云尊和文艺部的成员都认识了，部长李方说："云尊，这次晚会非常重要，学校领导很重视，关于双截棍表演你有把握吗？因为去年有个人表演双截棍出事了。"

吴云尊说："我没问题，保证不出失误。那事刚才师老师跟我说了。"李方说："那就好，下周彩排，我看看你的水平。"

吴云尊说："那下周你们看看。"散会后吴云尊刚出门口，凌千语过来说："没想到师宁老师推荐你加入文艺部，真厉害，你是不是特有背景啊？"

吴云尊正想找凌千语说夏婉露的事呢，正好和她好好聊聊："我没什么背景，可能是老师赏识我吧。"凌千语一撇嘴："那怎么不赏识别人啊，我进文艺部时还很困难呢。"

吴云尊说："千语，咱们去喝杯咖啡吧，今后在学生会工作上我要向你多请教。"凌千语马上说："好啊！"

勤学苦练

　　两人到了学校的咖啡厅，吴云尊微笑着看着她："千语，来学校这些日子感谢你的照顾。"凌千语哈哈一笑："说这话就是把我当外人了。"

　　吴云尊说："那今后咱们就是自己人了，其实今天我有事想和你聊聊。"

　　凌千语说："说。"

　　吴云尊说："你和夏婉露之间的矛盾我了解了一些，她是我高中同学，关系不错，以后你们之间的矛盾我希望从今天开始画个句号。"

　　凌千语空了一小会儿："行，看在你的面子上，从今往后我不和她较劲了，可她找我麻烦的话你可得管我啊。"

　　吴云尊说："放心，今后你们如果再有事我肯定管，谁对谁错论事不论人。"他接着喝了一口咖啡："千语，你是个优秀的女孩，我很欣赏你，可我也听说了一些你的事，一个女孩子应该学会保护自己，多关爱自己才对，我这么说你能理解我的意思吧？"

凌千语沉思了一会儿说："云尊，你能对我说这些足以证明你把我当真心朋友了，忠言逆耳就是这个道理，我都懂，女孩子的名誉是最重要的，有的男生说不在意我的过去都是骗人的，之后还是和我分了，可能就是想和我玩玩，唉……"

吴云尊安慰道："没事的，都过去了，今后好好的。"凌千语点头："好，就冲你我也得好好的，其实我……"她欲言又止。

吴云尊也没继续说，他知道凡事都有个度，说太多了不太好，可凌千语当时看着他很久没有说话，不知道到底还想说什么，吴云尊转移了话题，聊了些文艺晚会的事。

晚间吴云尊打算系统地把双截棍的招数套路重新排列组合，在文艺晚会前发明出适合表演的新套路。

所谓双截棍套路，就是把入门十二式的招数无限地排列组合，每个人由于水平不同，所排列组合出来的套路也是不同的，严格来说每个练双截棍的人都有一套自己的套路，吴云尊之前的套路太过简单，没有花式，如今表演用花式套路，所以自己要快速学习些花式双截棍，另外把自己那些硬招数加进去，最后组合成新套路。

距离晚会还有不到两周，这对吴云尊来说是个考验，因为他要在这段时间迅速提升自己，他打算每晚在操场上从7点一直练到10点再回宿舍。

晚上8点后学校的操场比较冷清，吴云尊开始练习新学的套路，令他没想到的是自己竟然不到两个小时就学会了这些花式招数！看来有多年来的底子在就是好。

在练习的时候吴云尊不时地想起原来故渊大学里那些一起练双截棍的朋友们，不知道现在大家怎么样了。

　　彩排前晚，吴云尊在练习双截棍的时候看到远处有个人一直在看他，那人手里也拿着一根双截棍，后来那人越走越近，吴云尊先说："你好，你也练双截棍的？"

　　那人谦和地说："你好，我看你的水平很高，看得我都呆了，我是个新手，刚买的棍子，没人教我。"

　　吴云尊看此人牛高马大，面相温顺，给自己的印象不错："你叫什么名？大几的？"

　　那人自我介绍说："我是大一新生，叫哈洌，自动化专业的。"

　　吴云尊心想："此人应该是西北一带的，看起来是个练武的好苗子，他愿意的话我想收他为徒，今后练习双截棍也有个伴。"于是说："哈洌，你想学的话我可以教你。"

　　哈洌高兴地说："那太好了，我还心想怎么让你同意教我呢。"

收 徒

　　吴云尊说："以后一起练吧。"哈冽说："学长，你的水平是不是算很高的？"

　　吴云尊说："还行吧，今后咱们一起进步。你现在来几下我看看你的水平。"

　　哈冽开始练了起来，水平算很初级的，他自己也说就是刚学。随后传授了哈冽入门招数，哈冽的悟性一般，不算特好的，但比一般人要强。

　　两人练了一段时间后，哈冽说："学长，有你的指点没想到我能这么快速就学会了这些招数，之前我上网看视频自学很多都不懂。"吴云尊看着双截棍："这门兵器的特殊性在于一点就破，可有时候你看不破怎么练也学不会，悟性很重要，我认为任何功夫都主要靠悟性，你是这块料就行，不是这块料估计就很费劲。"

　　哈冽问："学长，你是从哪里学的？"吴云尊坐在了草坪上："我是去年开始练的，时间虽然不长，但我悟性还可以，当初教我的人只是让我学会了入门招数，今后的提升都是看个人修为，例如我现在的很多套路都是我自己编出来的，还有些自创的招式。"

哈冽挠挠头："这样啊，看来我想和你一样厉害很困难了。"吴云尊鼓励道："你还可以，应该没问题的，主要心里得有双截棍，不能半途而废，贵在坚持，例如我现在的水平已经不在当初传授我双截棍那个人之下了，主要得投入进去。"

哈冽说："懂了，我从小就喜欢功夫，这回终于有人教我了。"

吴云尊说："你家是哪里的？"

哈冽嘿嘿一笑："甘肃的，嘿嘿，肯定跟学长你比不了，你是北京的吧。"

吴云尊说："哪里都一样，四海之内皆兄弟。"

哈冽说："我从西北来的，没见过世面，学长以后你可别笑话我。"

吴云尊拍了一下他的肩膀："怎么可能笑话你，人都是从不懂到懂的。"

之后哈冽又把今天学会的招数练了一遍，吴云尊发现后面过来两个女生，听到这两人说"双截棍，好厉害"一类的话。

哈冽正在练，边练边说："学长，你看练得不错吧，在咱们后面坐着两个女生，好像在议论我的功夫呢，说我厉害。"说完自己笑了起来。吴云尊说："看来她们是对双截棍感兴趣，你过去跟她们说，想学就一起。"

哈冽过去后对她们说："你们好，你们是不是对双截棍感兴趣？"其中一个女孩说："对，很感兴趣。"

哈冽说："想学我学长可以教你们。"另一个女孩说："哈哈，算了吧，我们有师傅了，他的实力恐怕能当你师傅的师傅！"

吴云尊听后十分气愤，马上过去说："谁那么厉害？我想知道。"女孩说："他叫徐宗北，是我师傅，学校里他是公认的高手，我们俩都是跟他学功夫的，他的徒弟可多了。"

吴云尊听后说："你们不知道我的水平如何怎么知道我不如他？"女孩较劲地说："他就是学校里最强的，大家公认，三五个人和他打都不是他的对手。"

吴云尊心想："人外有人，三五个人自己也能应付，但没必要和她较这个劲，先见见这个徐宗北再说。"于是说："他什么时候和你们训练？"

女孩说："估计得十一之后了，一般我们都在学校的碧海路附近，最近他在外面的武馆当教练呢。"吴云尊坚定地说："好，等十一之后我会会他。"

她们走后，哈冽说："学长，这个姓徐的我好像也听说过，我们舍友说学校里有个超级高手，实不相瞒刚才我还以为他就是你呢。"吴云尊笑着说："这说明我的水平不错，但话说回来人外有人，学无止境，学武要有平常心，我十一之后找他就是想和他交流下，顺便满足下好奇心，可能在普通人眼里看不出他的实力，但在我这个行家眼里能看出来。"

哈冽说："那到时我跟着你去吧，我也想看看。"吴云尊说："好，到时候见机行事，也不排除此人只是会点三脚猫功夫出来误人子弟。"

哈冽一拍脑门："对了学长，我听说这个徐宗北去年表演过双截棍，是去年吧，棍子脱手飞出去了把吴校长给打了……"

聚 会

"哈哈哈……没想到那个人就是他，最近我还想打听到底是谁去年表演棍子脱手呢。"吴云尊听后大笑说。

"学长，我认为既然这样的话，他未必是你的对手，可能真的是误人子弟之辈。"哈冽继续说道。

"十一之后我找他，一看便知。"说完电话响了，是郭幺丑的："云尊，我是郭幺丑，明晚班级聚会，我请客，同学们都来，你也要来，明天在学校外的蓝海餐厅。"

同学聚会是同学感情的升华，是关系连接的纽带，如同社会上一系列聚会一样，把人与人之间的情感联系起来，吴云尊喜欢参加聚会，这次他当然得去，顺便把班里的人都认全了。

晚上蓝海餐厅包间。

吴云尊和大家陆续到了，导员梁广林也来了，大家入座后吴云尊发现一个问题，没有女生！于是心里产生了疑问。

　　郭幺丑先起身举杯说："今天我请客，主要请梁导，他对我们班贡献太大，我想大家有目共睹。"说完先敬了梁老师一杯。随后接着说："这位是新来的同学吴云尊，我敬你一杯，今后就是一个大家庭的成员了。"吴云尊听后起身和他喝了一杯。

　　之后郭幺丑开始以宿舍为单位介绍同学："401宿舍的这位是任曦，新疆的，玩游戏特厉害；这位是王泽，富二代；这位是王宇，篮球健将，他俩都是北京的；这位是张小小，傻子一个。"说到这儿张小小的脸色不太好，大家都笑了，吴云尊依然保持稳重和他握了手。

　　接下来是402宿舍，有个人起身说："我来介绍吧，我是郭福，贵州的；他是姚阳，上海的，车迷；孙德和李晓明都是学霸，他俩是老乡，江西的。"继续说："你刚来班里我们宿舍的人你还都不认识，今后一起多接触。"说完跟吴云尊握手，突然郭幺丑说："行了，吃饭吧。"

　　当天大家都喝了不少酒，郭幺丑喝多了，大声说："梁导，您是我的恩人，给我当班长的机会……"梁老师也喝了不少："幺丑，我把你当兄弟了，咱们私下里就是最好的朋友。"有那么一段时间是他们俩在攀交情。

　　中途吴云尊去了趟卫生间，看到了郭福，郭福说："云尊，今天聚会感觉怎么样？"

　　吴云尊心里其实一直没明白为什么没有女生，于是问："我问个问题，为什么女生没来？"郭福笑了："那就说来话长，我跟你说的话你可答应我别和别人说是我跟你说的。"

　　吴云尊感到此事果然有蹊跷："好的，说吧。"郭福把吴云尊叫到了外面："因为这次是郭幺丑请客，才导致女生都不来，他去年几乎把全班女生都追了个遍，可惜一个也没追上，他每失败一次就恼羞成怒地骂对方，把女生都得罪了。"

吴云尊听后很诧异："这样啊，说真的我感觉郭幺丑的确有点瘆，他家是丰台的吧。"郭福说："对，他们宿舍都是北京的，但都很飞扬跋扈，欺负人惯了，你看刚才介绍时欺负张小小，哥们你也是北京的吧，感觉你和他们不一样，我来北京上学到现在感觉咱们专业里以郭幺丑为首的北京人都和他一样霸道，我们没少受他们的欺负，可在你身上我感受到你没有瞧不起我们外地生。"

吴云尊感到他们之间有矛盾，说："那当然，人人平等，哪儿的人都有好有坏，聚在一起就是缘分。接着说他搞对象的事，为什么失败？"郭福说："他虽然是北京人，但家里条件很差，在你们北京人里算最穷的那类家庭，有的女孩可能是看他家里条件差就不和他交往，外加他这人是个粗人，根本不懂女孩子，长得又胖又丑，谁跟他……"

吴云尊听后忍不住笑了："哈哈，你说的还挺有道理的，但是我多说一句，咱们毕竟是同学，你和他是不是有过节？我看你总说他的不是。"郭福沉默了一会儿："对，因为他我没当上班长，原本按高考成绩我是班里最高的，梁广林本来让我当班长，可郭幺丑总是请梁广林吃饭，梁广林自然不能白受他恩惠，他肯定和梁广林说了想当班长，自然就把我换了。"说完脸色也变了。

吴云尊心想："看来这个郭幺丑的确有问题，第一次见他的时候感觉这人就瘆里瘆气的。"随后孙德也出来了，郭福又说："孙德也不是外人，上学期期末考试郭幺丑坐在孙德旁边，让他给写纸条传答案，孙德当时看监考老师太严，没敢给，后来郭幺丑联合401宿舍的人一起差点把孙德给打了！

说孙德是个小人，不够义气。"

孙德点头说："别提了，就当自己倒霉。"随后几人回包间里，见郭么丑和梁广林勾肩搭背地喝高了……

彩 排

礼堂中凌千语忙前忙后，一会就要彩排了，今天她已经在这里干了一天活，舞台中讲究很多，彩排很多方面和正式演出没太大区别，很多东西都和正式演出一样。

吴云尊到了之后，凌千语见他来了上去说："你来啦，嘿嘿。"吴云尊正好有事找她："千语，拜托你个事，我的节目想压轴可以吗？"

凌千语笑着说："可以啊，想最后一个？"吴云尊说："对，压轴好。"

一旁的李方过来说："一会彩排你先来，我们先看看你的水平。"凌千语打断说："他肯定没问题，让他压轴吧。"

吴云尊先坐下观看彩排，旁边坐了一个打扮得像艺术家的人，他向吴云尊友好地笑了一下，吴云尊也冲他点头。途中艺术家说："哥们，你是表演什么的？双截棍？"

吴云尊说："是的。"艺术家说："看起来很不错，难度很大吧？"

吴云尊看着双截棍说："还行，熟能生巧。"艺术家说："我就佩服你们这种练家子，你叫什么？"两人相互认识了。

原来这个艺术家就是学校音乐社社长汪岩，此人看起来彬彬有礼，不像夏婉露说的那么差劲。

按节目顺序吴云尊最后彩排，汪岩是倒数第二个，汪岩说："你最后一个上，说明文艺部重视你，去年表演都是我压轴，哈哈。"

到了吴云尊上场了，他心里不知为什么突然没有一丝紧张，顺畅地表演了自己新创出的套路，他没有用全力，速度上不是很快，可下面全场鼓掌，这让他信心猛涨，下台后凌千语跑过来给他饮料，还拍他肩膀说不错。

凌千语说："云尊，你真棒，没想到你这么厉害。"吴云尊笑了："初试身手，之前我也没参与过这类晚会。"

吴云尊坐回去时见刚才表演二胡和小提琴的两位女生来了，对他说："你好，我们想和你学双截棍可以吗？"吴云尊一听愣住了："没想到这么快就有拜师的。"于是说："可以啊。"

一位女孩介绍道："我叫张怜心，她叫罗小娟。我们都是大一新生，刚才看了你的表演实在是把我们镇住了，希望能和你学几招防身。"吴云尊果断说："放心，跟着我学没问题。"

张怜心问："那师傅，学费怎么算？"吴云尊靠在座椅上："学费？没有学费，你们主动拜师就是瞧得起我，学费给你俩免了。"其实他计划收徒弟开始就没打算收学费，自己又不是为了钱，就是想多些锻炼身体的伙伴，多交些朋友。

凌千语过来说："我也要拜师！"表情十分严肃。

吴云尊起身说："千语，你……"一时间吴云尊没反应过来，怎么都要拜师了。

凌千语揪住吴云尊的衣服说："我想好了，拜你为师学双截棍。"表情十分坚定。

吴云尊答应道："好，那今后每晚8点有空就去操场，我几乎天天在。"

这回跟着自己学功夫的人有了，吴云尊心里十分高兴，彩排完毕后凌千语还跟他说要当大师姐。

走到门口见到了汪岩，汪岩竖起了大拇指："行啊哥们，这么快就收了徒弟。"吴云尊说："顺其自然。"

两人一路往宿舍走，现已经是九月底，晚间秋风微凉，当一阵风刮过时犹如武侠里高手对决的感觉，吴云尊此时突然想起传闻中的徐宗北，感觉汪岩在学校里认识的人多，应该了解他。

吴云尊问："汪岩，徐宗北你认识吗？"汪岩说："认识，不熟，我还正想问你呢，你们认识吗？"

吴云尊说："不认识，可他的名声大，听说徒弟众多。"汪岩说："对，他的徒弟在咱们学校就得有一百多个吧！听说校外还有。"

吴云尊没想到此人徒弟这么多："真厉害啊，上次的表演你见过吧，说说。"汪岩慢慢说："说实话我看不出来他的水平如何，但在我们外行人眼里很不错，虽然表演双截棍失误了，可他之前在学校里表演过很多兵器，都很好。"

吴云尊说："那他会的还真多，改天我得找他交流下。"汪岩说："没问题，我有个朋友是他徒弟，今后他们训练我叫你过去。"

非意相干

　　距离晚会还有一天，晚间吴云尊依然独自练双截棍，今天他打算练一个新招数，可是这招很难，非常不熟练，好几次都差点打到自己，其实以他现在的水平可以保证双截棍在舞动时任何时刻都不会打到自己，可今天就是个例外。

　　正当吴云尊在操场专心练新招数的时候突然有人在背后打了他一拳，一走神，棍子不小心打在了自己的右臂关节上！

　　吴云尊回头下意识想给身后偷袭他的人一拳，他的左拳下意识发出，可一看竟然是凌千语！凌千语尖叫一声，吴云尊立刻收住了拳头，凌千语吓得坐在了地上。

　　刚才被棍子打中了右臂关节，此时吴云尊感觉整个右臂都发麻。吴云尊忍不住大叫了一声："啊！"凌千语立刻起身扶住他："对不起啊，我真不是故意的，想和你闹着玩。"

　　吴云尊知道凌千语就是想和自己待会儿，没有怪她，但他现在感觉自己的右臂已经无法用力了，更别提舞动双截棍了，右臂关节处鼓起了一个肿包，连活动都很痛。吴云尊叹气道："哎，看来右臂暂时是废了，不能表演双截棍了。"

凌千语十分着急："我错了，真的，我就是想找你学双截棍的，打你一下是想……"吴云尊打断她说："我知道，没有怪你的意思，可惜明天表演不成了，我的右臂不行了。"

凌千语沉默一会儿说："咱们先去校医院看看吧。"两人到了校医院后，医生说："你的右臂受伤很严重，如果你感觉骨头痛我建议你去医院拍片子。这个月你的右臂需要恢复，不能再练双截棍了！"吴云尊彻底愣住了，明天的表演怎么办？

从校医室出来凌千语突然站在了他面前："我请你吃饭吧，咱俩再想想办法。"吴云尊微笑着说："真没怪你，怪我没有把招数练熟。"说着两人走到了附近的公园坐下了。

吴云尊闭上眼睛冥想："自古以来真正的高手都不会被客观因素所限制，自己的右臂虽然暂时不能用了，但左臂还在，可左臂几乎没有用过！除非左撇子，一般人练单棍都只用右手，就不到一天的时间得想想如何把自己的左手给练好了。"想完后他决定只能临阵磨枪："千语，走，你不是想学双截棍吗，现在我教你！"没等凌千语反应过来吴云尊带她来到了公园中心处。

吴云尊用左手发动流星赶月，感受下棍感，之后自己平稳地用左手练了一遍表演的套路，没想到的是竟然很流畅地练下来，凌千语在一旁叫好："很棒啊，你还是那么厉害。"吴云尊松了一口气："这是用左手练的，速度和熟练度远不如右手，可也没办法，明天只能用左手了。"

之后吴云尊用左手传授了凌千语入门招数，令他想不到的是她悟性极高，凌千语嘿嘿一笑："怎么样啊，我还可以吧？"

吴云尊赞扬道："真不错！没想到你悟性如此之高。"双截棍对女孩来说学起来相对比男生要慢才对，可今天吴云尊才知道有些悟性高的女孩真的适合练功夫，武侠里那些女侠高手看来也是现实存在过的。

回到宿舍楼下，凌千语攥起拳头说："明天加油，你没问题！"

心如止水

夜间吴云尊感到自己的手臂十分疼痛，抹了正骨水也没大用，早晨是被疼醒的，稍微活动一下就有感觉，浮肿变色了。

今天横竖都得上台表演，还不能失误，这是个考验。

晚会马上开始了，同学们陆续入座，今天校领导以及各系领导都到场了，学校的迎新晚会正如之前所说非常正规，一进礼堂从布置上就能看出这不是一般的晚会。

吴云尊在舞台后面演员候场的地方坐着，他此时就是闭目养神，今天一天他也没有练双截棍，因为功夫这东西就是积累，临阵磨枪没有用，现在自己的右臂用不了，外加疼痛感剧增，目前能否把自己的水平发挥出来就看心理素质了，说起心理素质这对每个武术家来说都是必须具备的，高手能做到在任何条件下都能发挥超长，这才是本事。

凌千语过来说："一会儿加油，今天特忙，没法和你一起了。"吴云尊说："好，我没问题的。"

吴云尊想出去透透气，在礼堂门口见到了领导们来了，张处长过来说："云尊，我看了节目单，你表演双截棍，好好表演！"随后向其他领导介绍："这位是新转学过来的学生，才艺出众。"说完后吴云尊心理压力顿时倍增，自己的手如果没受伤那该多好。

节目陆续进行中，汪岩表演时吴云尊就去候场，他是最后一个压轴节目，部长李方说："加油！"吴云尊淡定地说："好的，一定。"

这是吴云尊第一次参加大型晚会，单独表演双截棍，一切靠自己，他的身体不知为什么越临近开始越不紧张了，反而感觉浑身都是力气！左手非常的热，那种热是棍子和心磨合后的热。

每次遇到大场面他都能超常发挥，希望这次也是，习武之人讲究的是平常心，心态很重要，他现在感觉自己没有一丝紧张。

节目主持人介绍节目："中华武术博大精深，源远流长。接下来出场的是一位年轻高手，他的爆发力无人能及，速度更是犹如闪电，有请帝旦大学的'李小龙'——吴云尊同学为我们带来双截棍表演！"

吴云尊刚一上台，王坤飞立刻大喊："吴云尊！"吴云尊此时立刻发出风火轮加翻江倒海，虽然是左手，但他的感觉很好，速度不亚于右手，台下尖叫声不断，这令吴云尊更有信心。

由于全程只靠左手完成一系列动作，左臂宛如火烧一般，但他凭借意志力忍住了。

表演结束了，非常流畅成功。吴云尊刚下舞台，凌千语跑过来挽住他的胳臂说："真不错啊，去后面休息。"吴云尊有些没反应过来凌千语的举动，可她不放开，笑着拉吴云尊去后面休息。

今天的凌千语格外的美，吴云尊一时间有点看愣了，可能男人对美女都有些抵抗不住吧。到了休息室，凌千语说："今天你的动作太快了，我真的想不到你这么厉害，比上次右手彩排时候都快！"

吴云尊看了看双截棍："这东西其实有很多未开发的奥秘，今天突然感觉到有的招数左手发出来比右手更厉害。"凌千语坐在他身边靠过来："今天忙一天，累死了。"说完身体靠向吴云尊。

她的身上散发着一种令人陶醉的香气，给吴云尊一种靠上棉花糖的感觉，吴云尊还是向旁边坐了一下，毕竟她不是自己的女朋友，脑海里瞬间想起了夏婉露和他说过的关于凌千语的过去，自己顿时冷静了。

凌千语打了吴云尊一下："讨厌，我累一天了，让我靠会儿怎么了，小气。"吴云尊转移话题："千语，说真的我今天表演成功得谢谢你，没有你的鼓励我可能发挥得没有现在好。"

凌千语笑了："那怎么感谢我？哎，你现在给我捏捏肩膀吧。"说完吴云尊给她按摩起来，没想到她的身体真的那么软，和毛绒玩具一样，感觉自己有点喜欢上给她按摩了，时间过去很久，貌似场外都散场了，吴云尊才反应过来："好像大家都走了，咱俩也走吧。"

凌千语闭着眼睛说："那今天就到这吧，按得不错，以后没事给我按按。"吴云尊说："哈哈，走吧。"

伴着朦胧的夜色两人走在校园的小路上，但夜色再美也无法告知未来两人会遇到什么……

表演梦

吴云尊从小就有个表演梦。

他不由得想起了自己第一次表演节目的场景，以及记忆里的那个人，真想再见她一面……

那是高二的一个中午，吴云尊在操场上背书，正当他起身想回班级的时候突然正后方有个女孩子走来，他下意识地想躲开，但两人还是撞到了一起，女孩面目清秀，水汪汪的大眼睛无辜地看着吴云尊，吴云尊有点愣神了。

女孩红着脸说："对不起啊。"没等吴云尊说话她转身就跑了，她跑步的姿势十分可爱，一下子吴云尊没反应过来。

在之后的日子里吴云尊心里不断浮现出她的样子，于是决定和她认识一下，但由于没有这个女孩的任何信息，他和其他同学打听，但一无所获。

班会上班主任侯老师通知学校五月组织一次歌咏比赛，以班级为单位合唱，希望大家近期认真准备。这回吴云尊感到机会来了，自己找了好几天也没能找出这个女孩，等到全校歌咏比赛时肯定能看到她。

　　陈越是歌咏比赛主持人，也是吴云尊的朋友。聊天时陈越说本次集体合唱完毕后，每个年级安排一个同学上前表演节目，一直以来吴云尊都想表演节目，锻炼下自己，于是说："陈越老弟，这个人选你就推荐我吧，我想唱一首自己最拿手的歌，BEYOND的《光辉岁月》。"

　　陈越高兴地说："行啊，南哥我正发愁咱们年级找不到人呢，之前我找谁谁都不敢上，没想到你自告奋勇，牛逼！""南哥"是吴云尊高中时的外号，同学依据古惑仔电影角色陈浩南给他起的。

　　吴云尊说："那你的意思是我肯定可以上了？"

　　"当然了，我这就去跟年级组长说，咱们年级的就你了！"

　　比赛前他不断练歌，几周一晃就过去了，歌咏比赛即将开始，可就在这个时候吴云尊的嗓子坏了！

　　天有不测风云，这句话吴云尊此时深刻地体会到了，嗓子发炎了，很严重，喝水都痛，哎，平时很注意了，可不知为什么偏偏在这么关键的时刻嗓子不行了，勉强的话也可以唱，但不保证能正常发挥。

　　喉糖吴云尊时刻吃，可效果不明显，有同学建议他别上表演了，万一嗓子问题导致唱得不好反而在全校面前出丑了，可吴云尊坚持要上，因为机不可失，学校本来举办活动就很少，这次机会可能就是自己高中生涯唯一一次在全校面前表演的机会，所以要把握住，尽力克服所有困难。

　　吴云尊表演节目的事情很多同学都知道了，如果现在自己不上了，大家会怎么看？有些人肯定会说别管别人怎么看，那样儿活得太累，可吴云尊很重视同学们的看法，人活着要不断进取，让别人认可了自己，这才是价值所在，而且说话算数，既然都跟陈越说上了，现在再不去了人家没准以为自己怯场，找理由不上，总之必须上！

红五月

歌咏比赛已经开始，吴云尊心情越来越紧张，自己即将上台唱歌了，当班级合唱结束后吴云尊在后场见到了他最近找的那个女孩，原来她是高一三班的，今天的她一身正装，优雅素丽，两人对视了一会儿，吴云尊向她笑了下，由于大家都在，所以没好意思上前说话。

那个女孩表演的是钢琴演奏，吴云尊听着优雅的钢琴声，仿佛自己已经融入她的音律之中，之前的紧张九霄云散，心里出现的都是她的音调。

接下来关键时刻到了，吴云尊起身去候场，刚走到候场区时浑身不自在，总感觉自己喉咙突然疼痛加剧，连说话都困难，可是候场区没法再喝水了，马上就要上了。

主持人陈越说："音乐是旋律碰撞的结晶，文艺的展示凸显了学子的风采，让我们一起欢迎高二三班吴云尊同学上台为我们带来《光辉岁月》！"

吴云尊拿起麦克风果断上台，不知为什么一上台反而不紧张了，年级里同学齐声呐喊："南哥，南哥……"这令吴云尊感到十分有面子，信心倍增。

刚唱了几句，不知道谁组织的，好几个同学连续上台给吴云尊献花，吴云尊也没想到同学们这么给面子，怀里抱着花，这些花瞬间让他嗓子不痛了！他接下来的歌声震惊全场，超常发挥，有如行云流水，一气呵成！

下台后他先回班里喝水，不料见到了那个女孩，这么巧，机会不能错过。吴云尊过去说："嗨，我是前几天那个人，你记得吧？"

女孩反应很快："记得啊，刚才不是还唱歌呢嘛。"

"哈哈，你的钢琴弹得很不错。"

"你怎么提早回来了？"

"我嗓子不舒服，回来喝点水，你怎么也回来了？"

"我回班里拿假条，要休假了，一会就走了。"

"哪里不舒服吗？看你气色很好。"

"哎呀，以后再和你说吧，总之我需要休息了。"女孩嘴一撅，和一只生气的小白兔一样。

"你叫什么名？认识下呗。"

"张梓婷。"说完转身笑了笑就走了。

回到家中吴云尊脑海里不断浮现出张梓婷的面孔，时不时地就会想起她，这或许就是喜欢一个人的感觉吧，时刻期盼着见到她，连夜里做梦时候也梦到了她。

去学校后吴云尊去高一打听了张梓婷，同学说："这个人三天两头请假，有时候几周都看不到她，所以我们对她都不了解，你可以去问一下女生，应该知道得多一些。"

和张梓婷一个宿舍的两个女孩和吴云尊恰巧熟悉，高晶晶和方雅，她们和吴云尊是射箭选修课一个小组的，方雅说："你是认真的吗？"

吴云尊认真地说："当然，我感觉自己喜欢上她了，没想到你们俩和她一个宿舍的，真是太好了！"方雅和高晶晶对视一眼，方雅说："那我把她的情况说一下，估计你会失望……"

执着的心

方雅继续说道："她从开学到现在总是请病假，我们开始都以为她可能身体不太好吧，可是后来有个同学偷偷看了她的病假条，得知她有抑郁症！"高晶晶撇了一下嘴："可不嘛，就是个神经病！我们大家都不跟她玩。"

听到这里吴云尊心里咯噔一下："抑郁症……这病我在小说里见过，好像是比较顽固的病，类似精神感冒，可能会好彻底，也可能复发，对吗？"

高晶晶点头："对啊，所以我刚才说你会失望的。"

吴云尊沉默了一会儿："没事，你把她手机号给我吧，我自有打算。"

方雅笑了："那好吧，你做好心理准备。"吴云尊已经决定继续喜欢她，有病的问题没能阻挡他的一见钟情。

爱情在高中生的认知里其实是很模糊的，它和婚姻是不同的，婚姻需要考虑很多现实因素，例如张梓婷的抑郁症，有些人不能接受，可在高中时代感情都是执着单纯的，尤其吴云尊这种性情中人，看中了有机会就要珍惜。

吴云尊忍不住给她发了短信："我是吴云尊，嘿嘿，在家休息得怎么样了？"张梓婷说："你好啊，在家无聊呢。"

"那咱俩聊聊吧，我这正好上自习没事干。"

"小心点，别被老师发现，学校对玩手机查得很严。"

"没事，和你聊天被发现了我也觉得值。"

"……你歌唱得不错，以后有机会教教我吧，我这人天生五音不全。"

"没问题，没有我教不会的人，以后等你回学校我教你吧。"

"一言为定！哈哈，我其实早就认识你，听说了你很多事，你是不是功夫很厉害？"

"还行吧，以后教你几招防身。"

"你的特长真多，比我强多了，我就会钢琴，也是家里人从小逼着学的，长大了也没什么特长，我这人很笨的，而且我有社交恐惧症，在学校里我从入学到现在还没有朋友呢，唉。"

吴云尊知道她有抑郁症，但如果对方没有主动提出这方面的话题，自己还是不提为妙，于是说："感觉你很聪明，你要有自信啊，多去交朋友。"

"以后再和你说吧，其实我，其实我有病的。"

"有病？没事，有病就去治，会好起来的。"

"你都没问我有什么病，我告诉你吧，抑郁症，这个病我从初中就有了，那个时候同学知道了都看不起我，没人和我做朋友，你会不会也嫌弃我？"

"当然不会，我是真心想和你做朋友。"吴云尊发自内心地说。

张梓婷听了觉得很感动，两人又聊了很多，还约好一起去爬山。

内心苦楚

这天吴云尊和张梓婷见面了，两人一路聊得很开心，张梓婷今天话格外多，吴云尊几乎插不上话。

张梓婷说："哎，跟你说些心里话吧，这些话我憋了好几年了，我的抑郁症其实是有原因的，我从出生就有一种很严重的病，医生都说我活不了太久，可我父母没有放弃，到处带我寻医治病，最终我很幸运活下来了。"

说到这里吴云尊都听愣了，慢慢地说："你很坚强啊，这只是你人生的小插曲而已。"

"小插曲？呵呵，那时候家里因为给我看病借了很多钱，我爸四处想办法挣钱还钱，我爸得了抑郁症，后来在家里犯病，跟我说他不想活了之类的话，我天天特害怕，后来上了初三，我就得了抑郁症，曾经还给自己列过自杀计划呢，直到现在才有所缓解。"

"原来这样啊，你真的不容易，我建议你应该多交一些朋友，多和别人接触啊。"

"我有抑郁症，身边的同学都看不起我，唉，你是我在学校里唯一的朋友，你知道吗，有时候我多想和其他人一样有一群好朋友。"

"慢慢会好起来的，你别太悲观，我朋友多，等回去上学我给你介绍一些朋友。"

"谢谢你，你真好。"

"想开点吧，会好起来的，相信我。"

忽然下起了大雨，两人到大树下躲避，吴云尊说："真没想到大雨说来就来，咱俩都被淋了，一会儿直接回学校吧。"他们所在的学校是住宿学校，大家都周日回学校，本来打算下午爬完山先回家再去学校，可是都淋湿了，下山后距离学校不远，于是他们决定雨停后回学校。

张梓婷时不时地笑，吴云尊知道她可能很开心，毕竟好久没有朋友了。

晚上张梓婷到了学校，先回宿舍，方雅和高晶晶也到了，大家见到张梓婷一身湿，方雅调侃地说："哎呦，怎么都湿了？难道是又犯病了去淋雨了吧。"高晶晶大笑道："哈哈哈，我刚想说这句话没想到被你给说了，梓婷，是不是刚下大雨你找刺激去淋雨了？"

张梓婷由于有抑郁症被同学知道后处于被孤立和被欺负的环境里，尤其是宿舍的女孩子时常欺负她，可今天张梓婷学会了勇敢，大声说："你们说谁呢？会不会基本的尊重？"

方雅起身说："尊重？那也分和谁？你一个有神经病的人还想博得我们的尊重？哈哈，真是笑话。"高晶晶说："前几天有个男生跟我打听你，但我告诉他你有病了，哈哈，估计人家不会找你了。"

张梓婷立刻说："吴云尊刚才和我去爬山了，中途下了大雨，我们被雨淋了。"方雅听后对大家说："她肯定是抑郁症又犯了，自己幻想一些没有的事情，记得上次她说宿舍门口有个人，咱们出去后也没有人，她就是有神经病，经常杜撰一些事情。"

高晶晶接着说："没错，明天我就去问吴云尊，如果没这事说明你又要休病假了，我看你的抑郁症好不了了。"张梓婷气得差点哭了出来："你们恶语伤人不积德。"说完拿起洗漱用品去洗澡了。

女生浴室内，周末去洗澡的人不多，张梓婷之前由于被孤立，因此洗澡都是自己去，她喜欢独自一个人在角落的喷头下洗。一般浴室最靠里面的位置都临近窗户。

张梓婷把水调到最热，她心里憋闷，想用热水烫烫自己，一会儿她感到心理压力缓解多了，近期自己的抑郁症好了很多，但想痊愈还是有难度的，她想放松自己，不想让抑郁症再回来。

正当她洗完想走出浴室的时候，突然看到窗户外面有个人影……

旧病复发

张梓婷此时吓得魂飞魄散,她大叫一声往浴室外跑,因为是周日所以浴室里洗澡的人很少,到了门口正巧遇到了方雅等人,张梓婷吓坏了:"你们快过来看看,里面的窗户外有人在偷看洗澡!"

方雅听后跟着张梓婷来到了刚才的地方,可没有看到任何人影!

高晶晶说:"哈哈,哪来的人影?我看是你有精神病产生幻觉了吧。"方雅也跟着笑道:"你可真可笑!"

张梓婷感觉受到了侮辱:"你们别太过分,我忍你们很久了。"她一直是个乖乖女,打架的事她想都不敢想,但对方欺人太甚,此刻她忍不住翻脸。

"哎呦,你还想怎么着?想动手是吗?"高晶晶说,"你再跟我们大声说一句话试试,抽你信吗?"方雅撸起了袖子。这俩人在学校的女生里算混混儿,认识不少人。

张梓婷今天十分勇敢,大声说:"我就大声了,你们想怎么着?"话音刚落方雅抓住了她的衣服拉扯起来，正巧宿管老师在门口看到这一幕，立即制止了。

上午第一节课间，张梓婷跟班主任反映了这件事，班主任表明一定严肃调查，但事情没搞清楚前让她别乱说，以免对学校造成负面影响。随后她去找吴云尊，想跟吴云尊说一下这件事，她心里受了很大的刺激，这种伤痛无处诉说，她想跟吴云尊聊聊。

"事情就是这样的，吓死我了。"张梓婷惊魂未定地说完整件事。

"竟然有这种事？"吴云尊听后很惊讶。

"我快崩溃了，被人看到了，真恶心。"

"想开点，学校一定会调查清楚的，等等看。"

张梓婷此时面色十分难看，那种绝望是吴云尊一时不能理解的，她说："昨晚方雅她们还侮辱我，我真的看见有人影，我没有幻觉。"反复说了好几遍。

吴云尊大概了解了方雅她们的所作所为，准备找她们谈谈，说："我会找你们宿舍的人谈话的，让她们今后别欺负人！"张梓婷听后慢慢地说："谢谢你，我要是你该多好，谁都不怕，谁也打不过你。"

"哈哈，你要学会坚强勇敢，局势一定会好起来的。"吴云尊安慰道。

下午学校大扫除，说起大扫除是很多学生期待的，因为不用上课，大家可以边聊天边干活。

张梓婷负责擦窗户，认真地擦了一遍又一遍，老师过来说："你们几个女生，去操场那里擦一下操场的栅栏。"方雅等人打算去，高晶晶小声地对方雅说了几句，两人使了个眼色，随后跟老师说："我们人不够，您再把张梓婷叫上吧。"

　　张梓婷知道对方肯定没好事，可能因为昨晚的事现在想找机会报复自己，她今天下了决心，要勇敢！

　　路上方雅突然走了，高晶晶假装挽住了张梓婷的胳臂："梓婷，咱们昨天有点误会，一会儿咱们好好沟通下，今后都是好姐妹。"

　　几人到了操场，只见方雅带了一群人来了，至少得有二十多个，有男有女，基本都是高一年级的小混混儿。果然不出张梓婷所料，她心中默念要勇敢，手中的抹布越攥越紧。

　　方雅快速走来，骂道："你个不要脸的东西，今天我抽死你。"说完抬起手想打张梓婷，张梓婷后退几步躲开了，可方雅不依不饶，追着张梓婷打，周围的人都在起哄，高晶晶在一旁大叫："方雅你真笨，好几下了怎么还打不到她！"

　　张梓婷真的忍无可忍了，于是用力甩出抹布，抹布上的黑水一下子拍到了方雅的脸上！大家都看傻了，只见方雅脸上都是黑水，样子十分滑稽，她大叫起来，指着张梓婷说："都给我上啊，打她！"

　　张梓婷打完这一下之后心里舒服多了，可接下来怎么办？对方那么多人。正在她不知所措的时候，听到了一句话："都给我住手！"回头一看来的不是别人，正是吴云尊！

云心救美

　　吴云尊本来打算在大扫除其间找方雅等人谈谈，让她们今后别再欺负张梓婷了，可在操场附近看到方雅找了很多人不知要做什么，猜测可能是打架，他立刻想到了张梓婷，想来想去还是不放心张梓婷，于是就走向操场方向看看方雅等人到底做什么，果不其然，就是在欺负张梓婷。

　　吴云尊见后立刻制止，大声说："都住手！你们这么多人欺负一个女生，想干什么？"

　　方雅的手被吴云尊抓住了，瞬间痛得叫了起来："哎呦，痛啊，你干什么啊，松开我。"方雅痛得叫了起来。

　　吴云尊看了在场的十几个人，多数都和自己认识，有几个还是朋友，也不打算得罪谁，于是说："方雅，你跟我关系不错吧？以后能不能给我个面子，别欺负张梓婷了。"

　　方雅听后马上说："你怎么就那么护着她，她算什么东西？"在场其他人都来劝方雅，高晶晶说："方雅你别较劲，吴云尊这个面子咱们得给，咱们不都是朋友吗。"其他人也一起附和着。

让大家想不到的是吴云尊刚松开方雅，方雅就继续冲向张梓婷："我今天就是要抽你！"张梓婷见状后退好几步，像一只受伤的小鸟。方雅甩手打向张梓婷时吴云尊突然出现在她面前，方雅一下子打在了吴云尊的胸口上，吴云尊严肃地说："你给我停下，冷静点。"吴云尊拍了她肩膀一下。

这回大家没人敢说话了，因为不了解吴云尊的都认为他凶神恶煞，大家都以为接下来方雅下场会很惨，可见吴云尊说："方雅啊，你也算是个美女，怎么做事如此冲动，你今天这样很难看你知道吗？我不管你和张梓婷有多大仇，你看在我和你的交情上这事就算了。"射箭选修课时他们是一个小组的，都比较聊得来，在吴云尊的印象里方雅是个很懂事的女孩。

方雅竟然哭了："吴云尊，我就问你她算什么东西？你凭什么那么护着她。"吴云尊听后慢慢地说："那我就直说了，我喜欢她！"

在场的人听后更是愣住了，高晶晶说："云尊，你真喜欢她啊，那今天的事更是误会了，方雅咱们走吧。"方雅听后不说话了，双眼像猫头鹰一样一动不动地看着吴云尊，之后被高晶晶拉走了。

其他人寒暄了几句陆续离开了，没等吴云尊回身看张梓婷，自己的身子从后面被张梓婷抱住了，一时间没反应过来，感觉张梓婷把自己抱得越来越紧，吴云尊知道她受了很多委屈，说："一切都会好起来的，方雅不会再欺负你了，放心，这些人都知道我的厉害。"

吴云尊回身抹着张梓婷脸上的泪痕，四目相对很久没有说话，这个时刻两人不由自主地吻上了，这一吻的时间很长很长……

夕阳西下，大扫除都已经完毕了，同学们都回到班级开会了，两人依然坐在操场上聊天，张梓婷靠在吴云尊肩膀上："这几天因为有人偷看我洗澡的事心里很难受，抑郁症严重了，都有点不想活了，外加方雅欺负我，哎，我从小到大被欺负从来没人帮我，如果没有你，我真的可能抑郁症复发了。"

吴云尊没有说话，听着她继续说："咱俩这算恋爱吧，哈哈，我没谈过。"吴云尊撩拨了她的秀发："当然算，咱们的感情很纯真，单纯得没有任何杂质。"

张梓婷说："其实我见你第一眼就感觉很好，也说不出来为什么，感觉你很有内涵，和一般人不一样。我问你，我是一个被欺负孤立的人，你为什么会喜欢我？"吴云尊说："嘿嘿，这或许就是一见钟情吧，所以我说咱们的恋爱是最真挚的。"

吴云尊起身说："回去吧，答应我，今后好好的，一切都会好起来的，有困难随时找我。"张梓婷看着夕阳："我会的，为了你喜欢我我也会好起来的。"

看着张梓婷离去的背影，吴云尊心里很舒服，没想到她真地成了自己的女朋友，今后一定要好好对她，争取一路走到最后。

学生时代的恋爱真的很纯洁，或许有人说都是小孩，考虑问题不全面，但那个时候真的很单一，喜欢就是喜欢，一个喜欢可以消灭未来道路上的很多荆棘。

不测风云

方雅直到深夜也没睡，眼泪已经把枕头给弄湿了。今天的事让她很难过，严格来说是不服气，不甘心，因为她暗恋吴云尊。

自从在选修课上了认识吴云尊后，就喜欢上了他。因为自己是女生所以不好意思表达自己的情感，一直把这份感情憋在心里，可自从吴云尊跟她打听张梓婷的事情开始她就感觉很不爽，在她心里论颜值张梓婷不一定比得过她，论家庭条件自己可以完胜她，自己母亲是一家大私企的股东，就算在学校里自己的家庭条件也能排在前面。

可就是想不通，吴云尊怎么就对张梓婷一见钟情了？方雅是个喜欢钻牛角尖的人，遇到这种事情她更是一百个不能接受，高晶晶夜里去厕所回来发现方雅没睡，安慰说："你别傻了，我看出来了，你喜欢吴云尊对吧？咱俩关系这么好你都不和我说，但你不说我早就看出来了，想开点吧，别钻牛角尖。"

方雅擦了擦眼泪，决定忘记这件事，重新快乐地生活，她起身说："这周我妈给我带了很多零食，咱俩去吃点。"学校规定不许带零食，一般同学是不带的，不过零食对这个年纪的人来说的确诱惑力不小。

高晶晶发现方雅带了很多高档进口食品，两人到了水房偷偷地吃，这种时候吃零食要比平时在家吃感觉好多了，人就是这样，有时候来点小刺激感觉会更好。

方雅说："我想通了，以后忘掉吴云尊，他都不喜欢我，我干吗还想着他。"高晶晶说："这就对了，话说回来我真的不懂张梓婷哪点比你强。"

"算了，还有个事，这周我把笔记本电脑带来了，中午你没在，我和其他人玩了一中午，以后午休时咱们可以在宿舍里打游戏了。"

"什么？！你竟然把笔记本电脑带来了，这要是被发现了可就要被处分的，或者说被开除！"高晶晶的担心并不是多虑，因为梦里中学是海淀区数一数二的严格高中，属于半军事化管理。如果发现有学生带了电脑来上学肯定会被严肃处理的，就连带了零食都可能被处分或者请家长。

"没事啦，你胆子大点好吗？哈哈。"

今天张梓婷病了，自己一人请假在宿舍休息，躺在床上她回想这几天的事，自己从小就生活得很平淡无趣，遇到吴云尊之后她感觉到生活有了希望，尤其是昨天自己被欺负的时候吴云尊的英雄救美，自己做梦也没想过这种电视里的剧情会发生在自己的身上。她觉得很幸福，想要把自己的抑郁症治好，以后做一个正常人，快快乐乐地生活。

高烧依然没有退去，张梓婷决定回家休息几天，于是收拾东西离开了。

"啊！"大家都在午休，只听方雅一声尖叫，原来她的笔记本电脑丢了！舍友们都帮她找了，几乎把整个宿舍都翻了个遍，也没有找到，方雅生气地说："肯定是被人偷走了！一定要抓住这个小偷。"

高晶晶说："怎么找这个小偷？"

"告诉老师吧。"一旁的苏萍说，"告诉老师不行的，老师知道方雅敢带笔记本电脑来学校肯定会被处分的。"高晶晶解释道。

"那怎么办啊？我宁可被处分也要抓出来这个小偷，让她在学校里没法做人！"方雅攥紧拳头说。

"小偷是谁还用说吗？"李娜说，"对啊，我们怎么没反应过来呢。"高晶晶手指向了张梓婷的床！

上午张梓婷高烧不退回家了，宿舍正巧丢了笔记本电脑，这让大家的怀疑对象指向了她。方雅一脚踢翻了张梓婷的书架，说："竟然偷东西，我一定要告诉老师，让她身败名裂！看看以后谁还喜欢她！"

"对，跟她死磕，大不了你就是一个处分，她一定会被开除的！没想到她胆子这么大。"苏萍在一旁煽风点火。

"只能这么办了，走，咱们一起去告诉老师。"说完大家把这件事告诉了班主任。

班主任听后拍了一下桌子："这个事的确不小啊，方雅你胆子真大，这事你免不了一个处分啊，竟然敢带电脑来学校，等后天张梓婷回来我问问她，你们先回去，在事情没弄清楚前别乱说话。"几人表面答应不乱说，但心里都在想怎么去宣传张梓婷是个小偷！

"老师，我想跟您说这件事就是张梓婷干的，哪有那么巧的事，她就是人品有问题，她还有精神分裂症。"方雅气愤地说。

"没错，您还记得前几天她说洗澡时有人偷看她，这几天学校不是也没有调查出结果吗，我看她就是精神有毛病，还道德品质败坏，这种人绝对不能留在学校，您一定申请开除她！"

　　班主任摆摆手："行了，都是同学，现在没有证据，怀疑谁都是不对的，记住了，回去你们几个别乱说话，把心思放在学习上，这件事回头我来处理。"几人虽然表面答应不乱说话，可一下午时间，张梓婷偷笔记本电脑的事情已经传遍了学校的每个角落……

最后的信任

张梓婷回到学校后感觉大家看她的眼神十分怪异，到了班里更是如此，在班里少数能和她说上话的同学今天也明显在回避她。

早自习刚开始，四周的人开始窃窃私语，张梓婷听到身旁的同学说："她回来了，这回有好戏看了，估计马上老师就要找她，哈哈，丢人。"

张梓婷十分不理解他们在说什么，没有理会，自己继续学习，这次从家里回来她心情十分复杂，因为家里打算让她下学期去英国读书，在英国那边母亲认识几个治疗抑郁症的高级专家，她得知这个消息心里当然高兴，但是她舍不得离开吴云尊，自己从小就受孤立，朋友就少，这次走了今后不知道什么时候能再见，她要珍惜最后的一个多月在校的宝贵时间。

昨天她感觉自己抑郁症好多了，一切都是美好的，可令她想不到的是自己已经是大家眼里的"小偷"了。

早自习刚上完，班主任就当着全班同学的面把张梓婷给叫走了，到了办公室班主任喝了口茶："梓婷，最近学校发生了一件事，不知道你听说了没有？"话语上没有怀疑她的成分。

张梓婷听傻了："什么事啊？不知道啊。"

"方雅的笔记本电脑在宿舍里丢失了。"

"啊？！我不知道这件事。"

"那行，你回去吧，以后如果有关于这件事的线索随时告诉我。"老师简短地说。

张梓婷回到班里时大家的眼神有如千万把利剑刺向她，她从来没受到过这种眼神，心里十分痛苦，刚坐下时前面和后面的同学立刻把自己的桌子往她的反方向挪了一段！这让她真的很不理解，难道刚才老师把自己叫走这件事让他们认为是自己偷了笔记本电脑！？

张梓婷此时心中作呕，有种想吐的感觉，脑子一片空白，这到底是怎么回事。

课后方雅过来当着大家面拍了她桌子一下："张梓婷！你难道就没有话想和我说吗？"张梓婷立刻反应过来，可能方雅认为是自己偷的，并且这几天在班里宣传自己是小偷，导致大家都误会了自己，于是说："我真的没有话对你说，请你走开。"

方雅大声说："哎呦，没想到你还挺能抗的！告诉你，别给脸不要脸！"高晶晶也过来说："你不承认也没用！这事大家都知道了。"

张梓婷从来没受过如此侮辱，起身说："你们别乱说话，你们凭什么说是我偷的？"

方雅愣住了，这件事的确没有证据，但从事情表面看她的嫌疑最大，而且从个人恩怨上自己最希望是张梓婷偷的，于是指着张梓婷说："就是你干的！没别人，因为当天就你回家了，哪有这么巧的事。"话音刚落不少同学都小声赞同方雅的话。

张梓婷气得快哭了，上课铃响起了，张梓婷感觉这节课很漫长，一节课如同一个世纪一样难熬。

吴云尊课间基本都去外面走一圈，透透气，走到张梓婷班门口时特意看看她回来了没有，可没想到他在门口一看很多人围住了张梓婷指指点点，吴云尊感到她可能有事，拍了拍高一四班的门："干什么呢你们，梓婷，出什么事了？出来说！"

张梓婷听到吴云尊声音的那一刻心终于平静下来了，刚才一下课方雅她们都过来跟她说三道四，她快崩溃了，正想去告诉老师没想到吴云尊来了，她起身跑到了吴云尊身旁抱住了吴云尊的胳臂，哭着说："我被欺负了，他们侮辱我，说我偷了方雅的笔记本电脑！"随后张梓婷把今天的经过大概说了，吴云尊立刻明白一定不是张梓婷偷的，因为他信任她。

方雅一脸怒气地走了过来："云尊，今天我不是为了原来的事欺负她，是她偷了我的电脑，我才……"没等方雅说完，吴云尊打断道："你有什么证据证明是她偷的？"

高晶晶说："没有证据，但是从常理推测就是她干的，你别被她给骗了，她其实不是好女孩。"吴云尊说："她好不好我心里清楚，你们既然没证据就不能胡乱侮辱别人，这种行为是不道德的，懂吗？"

同学们沉默了一会儿，方雅说："行，就算你说得占理，但是我告诉你，现在全年级都认为她偷了我的东西，即使我不说了大家也会继续议论！你不可能堵住所有人的嘴！"吴云尊顿时不知道该说什么了，的确，人言可畏，谣言已经散布出去了，张梓婷也没什么朋友，除了自己以外不会有人站出来为她说话。

现在只能先安慰好张梓婷，让她忍忍，然后找学校反映问题，于是他拉着张梓婷到了他们班主任办公室。

"老师您好，我是吴云尊，咱俩打过乒乓球，您有印象吧。"吴云尊高一时晚上总和这位老师打乒乓球。

"认识，你这是？"班主任看了一眼张梓婷说。

"现在班里的人都怀疑是张梓婷偷的电脑，实际上她没有偷，可大家都欺负她诋毁她，您看这事是不是得处理下。"在说话的途中张梓婷哭得很厉害。

"这样，你先回去，这事我会处理的，梓婷你有事直接找我，吴云尊是高二的，不应该牵扯进来，云尊你回去上课吧，我会处理的。"

下午班会上老师严肃地批评了方雅等人，并且因方雅带笔记本电脑上学的事学生处给了她一个处分，但在随后的几天中学校一直在调查笔记本电脑的去向，问了很多同学，可一直没有找到。

六月的夜晚是那么的幽静，两人走在学校的花园里，张梓婷慢慢地说："这次的事谢谢你，可我真的撑不住了，这几天抑郁症又犯了，好几次都不想活了，要不是想起你了我就……总之真的受不了这种刺激和压迫感了，我家里本来让我下学期去英国读书的，现在我就想走了，昨天我家长来学校和老师谈了，学校同意我现在就走，以后长居英国了，所以，咱俩得分开了。"

吴云尊感到失落极了，她要走了。

那天晚上两人话不多，晚自习也都迟到了，他们要珍惜在学校里最后一段相处的时间，多年后吴云尊深刻地体会到那一段时间真的很值得珍惜。

真相大白

这段日子吴云尊除学习以外的时间脑子里都在想张梓婷，不知道她到了新地方是否适应，希望她能从抑郁症中走出来。

午后独自在操场上背课文，没想到突如其来的两人幸福又变成一个人的孤独，陈越突然出现了，好像得知了重大秘密，跑过来说："云尊！有件大事想让你帮忙。"

陈越平时为人稳重平和，今天他如此急躁肯定有问题，陈越擦了把汗："学校里出现了一个色魔，专门偷看女生洗澡！"吴云尊听后立刻想起了张梓婷曾经说过有人偷看她洗澡的事情，于是问："果真有此事？！"

"有啊，刚才我在办公室偷听年级组长向校长反映了这件事！而且这个偷看女生洗澡的人刚才已经被年级组长带到办公室训话了，我和几个同学去交作业后在门口听到了全过程！"

"说来听听！"

"这个色魔是谁估计你肯定想不到，他是四班的王淼！"

"什么？！他怎么会干这事。"

"我也没想到是他，开始去交作业听到年级组长向校长汇报说偷看女生洗澡的人已经找到了，昨晚就找到了，今早王淼的家长都来了，一起商讨如何处理呢。"

"这事不能从轻，性质恶劣！"

"谁说不是呢，我们几个交完作业刚出门在门口听王淼自己交代了事情经过，是这样的，上个月学校突然对零食进行大检查，然后王淼正巧那周带了很多零食，宿舍里他藏不住，所以一个人偷偷把零食藏到宿舍后面的假山里，假山后面有一堵墙，就是女生澡堂。随后王淼起了色心，他爬到假山上面，然后站到墙上跳到对面去就能偷看女生洗澡了！"

听到这里吴云尊感觉学校的防护设施没做好，说："那是怎么抓到的？"

陈越说："听说陆续有几个女生反映了这个问题，学校重视了，很多老师这周晚上都在澡堂子周围巡视，就在昨晚王淼下晚自习没有去洗澡，他直接往宿舍楼后面走，爬假山跳墙时被老师抓住了！"

"懂了，估计学校一定严肃处理这个事。"

王淼的情节恶劣，当天学校就决定开除，随后收拾东西走人的时候不少同学一起骂他让他滚，男生女生都有，有的想动手打他被老师制止了，吴云尊其实也想骂他，但他没有参与，王淼被骂的时候头低得不能再低了，那么多人一起骂他已经够了，有时候得饶人处且饶人吧。

学校后期把假山的位置挪了，那一堵墙被重新修建高了，今后绝不会有此类事发生。

多年后梦里中学校友会聚会上，方雅对吴云尊说："当年我的笔记本电脑在我高考后回学校领取成绩单的时候班主任给我了，班主任把事情经过和我说了，其实不是张梓婷偷的，是宿舍里另一名同学苏萍偷的！当天苏萍偷了电脑藏了起来，而且大家都没有怀疑她，她就蒙混过关了，但在高考之前，苏萍又去其他宿舍偷东西，不料被宿管老师抓住了，后续班主任由于苏萍快高考了，不想因为她这个错误影响她高考，暂时没有和任何人说她偷东西的事情。班主任说他联系不上张梓婷，想把这件事告知她，我也联系不上，所以今天跟你说了，全校能联系上她的恐怕只有你了，希望你能向她说，我很对不起她。"

张梓婷和吴云尊也断了联系，想起过去的种种，吴云尊觉得大家都长大成熟了许多，但愿张梓婷早已走出当年的阴影，重新快乐起来了。

突如其来

这天，吴云尊正和大家在操场上练习双截棍，哈冽说去超市买饮料，可没一会就空着手跑了回来："学长，出事了！"

吴云尊忙问："怎么了？"哈冽焦急地说："凌千语在超市门口被几个人堵住了，有一个人抓着凌千语的胳臂不放。"吴云尊听后立刻去了超市。

只见凌千语被几个人围着，拉她的人正是廖明！吴云尊过去二话没说抓住了廖明的胳臂，身后的人他也都认识，就是廖明一伙的。廖明突然被吴云尊抓了手臂，痛得叫了起来松开了凌千语。

凌千语抓住了吴云尊的衣服说："云尊救我！"吴云尊更用力地拧了一下廖明的胳臂："你小子狗改不了吃屎，上次教训你了，怎么还欺负人？"

凌千语委屈地说："他最近三番五次叫我和他去夜店，我不想去了，他今天就急了，非拉着我去，还要打我！"廖明被吴云尊弄得十分狼狈，喘着气说："我就是不明白，你怎么不去了，之前不他妈挺喜欢出来玩的吗？现在装什么纯情少女？是不是还想立牌坊了！"

吴云尊听了廖明的话心里不是滋味："之前夏婉露说过凌千语过去的荒唐事，确实够乱的。可自从我认识她以来她好像不像传闻中那样瞎混了，况且她是我徒弟，我不能不管她！"于是一用力把廖明给推倒了，大声说："告诉你，今后谁也别欺负她了，不然我就找谁算账！"廖明吓得没敢说话，凌千语上前说："听见没有，你们别想再欺负我了，我有男朋友了！"

吴云尊认为凌千语只是随口一说，自己也没多说。廖明从地上爬起来后，浑身都脏了，样子十分滑稽，一句话没说就走了。

凌千语今天身穿黑色丝袜，一双精简短靴，凸显出细长的身材。她吴云尊说："谢谢你，你愿不愿意当我男朋友？"

吴云尊沉默了一下："你是我徒弟，咱们是好朋友，咱们……"凌千语用手指按住了吴云尊的嘴唇："别说了，呵呵，可能你还不了解我，真的谢谢你，他们最近总骚扰我，这回不敢了。"

吴云尊说："以后有事说话，看来你是真心的不想和他们混了，那些人没几个是正路的，看到你现在这样我很欣慰。"话音刚落凌千语吻了吴云尊一下跑了……

意料之外

几日后的晚间宿舍里，陈超宇时不时地和吴云尊说话，但说得有些语无伦次，吴云尊感觉他好像有事，就问："你是不是有心事？"

陈超宇喝了一口咖啡："那个，是有，但不是我的事，是你的事。"

吴云尊一听肯定有事："说吧，我怎么了？"陈超宇一口把一杯咖啡都喝了："云尊，你是我舍友，有事我不能瞒着你，可我说了又得罪了别人，唉……"

吴云尊起身拍了他肩膀一下："谢了哥们，我知道你把我当朋友了，不方便说就算了，你不说我也猜得出是廖明的事，对吧？"陈超宇立刻说："是，既然你猜到了，那我就说吧，可你千万别说我和你说过什么。"此时宿舍里就他们俩，李余文、张言出去了。

陈超宇说："你是不是前几天又打廖明了？他这几天和我们这些朋友都说了，他说这口气咽不下，要收拾你。他要是打架肯定不是你的对手，玩硬的学校里你肯定是第一，但是他有背景，听说他叔叔是学校的领导！"

陈超宇继续说；"兄弟，我佩服你的为人，跟你接触后我身上的坏习惯都改了，感觉现在很舒畅，所以我知道廖明想动用关系整你就想告诉你，昨天我们一起吃饭，张朝新他们都在，廖明说已经和他叔叔说了，他叔叔说要收拾你，我不知道你什么背景，但我知道你能转学肯定也有背景，现在托人看看，别让他先下手！"

吴云尊听后陷入沉思中："看来廖明这个官二代不好对付，既然事出了，我也不怕事，总之我也没做错什么，但这个官二代肯定是仗着叔叔的权威欺压我，估计处理我们的矛盾时我会有口说不清！"

吴云尊说："事情我都明白了，谢了兄弟，我一定不说你告诉我这个消息，我会处理好的。"陈超宇说："还有个事，他昨晚说自己暂时休学了，他说他被你给吓怕了，已经出了精神问题！所以利用这点来整你！"吴云尊一听十分生气："这他妈的是耍无赖吗？真孙子！"

陈超宇小声说："沉住气，这事不好办，今天周四，估计下周就有人找你了，总之事情就是这样，你有关系也用吧，不然可能会被开除！"吴云尊此时心里怒火交加："我刚转学到这，就要被开除！看来我得好好想想如何应付了！还有他叔叔是学校里的谁？我现在就找他去，我看看他什么意思！"

陈超宇说："这个问题很重要，廖明他不说，那天我也问了，可他说叔叔不让他说。那天我们喝了点酒，廖明才把这个事说出来的，开始就是聚会，他没有说，估计早有预谋，廖明要不是酒后失言，估计这个消息我还不知道。"

吴云尊起身说："这好说，我这就去找廖明问问。"陈超宇说："刚才不是说了吗？他昨晚就回家了休息了……"

此时此刻吴云尊感到自己好像陷入了一个阴谋里，可笑的是如果没有陈超宇的消息自己还不知道被算计了……

周五晚上回家后，母亲刘梦静神色阴沉，吴云尊一看就是有事，问："有事说吧。"刘梦静平稳地说："孩子，教务处的张处长给我打了电话，跟我说你近期表现不好，语气十分严肃，但他说话吞吞吐吐的，具体什么他也没说，好像暗示我什么，让我回来和你谈谈。还说近期王校长都在国外，可能年后才回国。"

吴云尊听后说："懂了，这件事我知道，看来非同小可。"接下来他把事情始末说了一遍。刘梦静沉默了一会儿："看来张处长是一片好心，他冒着得罪人的风险给咱们打电话提醒咱们，王校长又不在学校，目前这事不好办，话说回来王校长和张处长这两人真不错，上次转学的事我去学校面谢他们了，没想到后续有事他们也管，这种热心肠的人现在太少了。"

吴云尊说："是的，他们对我有恩，这事我真不想再麻烦他们了，王校长在国外，目前学校里能帮我的就张处长了，我不能给他再添麻烦，这事我自己处理吧。"

刘梦静说："下周一你去找趟张处长问问廖明的叔叔是谁怎么样？"吴云尊说："没那么简单，张处长要是能说早就跟你说了，现在张处长知不知道还是个问号，就算知道他想说今天就跟你说了，我去问他等于为难于他，不合适。并且从形势上看张处长管不了这件事！"

刘梦静点头："没错，孩子你真的长大了，考虑问题如此清晰，这事下周回学校你见机行事吧，自己处理不了随时给我打电话，咱们想办法。还有你看有必要和刘将才说说吗？我担心学校这次把你开除了怎么办？"

吴云尊平稳地说："别慌，越遇事儿越要冷静！放心，目前我自己先处理，看情况而定，刘将才最近要做生意了，他家房子的拆迁款得上千万，现在发财了，昨天打电话要好好请请我，最近别麻烦他了。另外下周学校可能会请你过去，你就说出国了没时间，这事咱们有理，不能让他们牵着鼻子走。"

暴雨袭来

　　周日回到学校，梁广林给吴云尊打电话："云尊，你最近是不是惹事了？"吴云尊一听就知道是廖明的事："没有啊，惹什么事？"

　　梁广林说："你好好想想。"吴云尊说："真没有，我没惹事。"因为本身就不是自己的问题。

　　"没有？那怎么领导找我，告诉我你把廖明给打了？"

　　"您说他啊，我想起来了，我没有打他，就是那天我看他在欺负人，过去制止了，就简单抓住他的胳臂而已。"

　　"怎么可能？人家廖明都休学了，院长刚才找我让我通知你可能你会被处分或者开除！"

　　"什么！？凭什么开除我？这事我没错，错在廖明欺负人，你们凭什么不相信我？他说什么就是什么吗？"说到这里吴云尊真的急了。

　　"你既然这么说，那我就告诉你，写的情况说明我也看了，他说你打了他几十拳，说你会功夫，给他打的都是内伤，还有精神上的创伤，他下周开始就不来学校了，什么时候处理了什么时候再回来。"

"您还没回答我的问题呢，凭什么学校相信他，却连问我都不问，我现在和您说他写的都是假的！"

"这个问题我没法回答你，明天你可以和院长沟通，听说廖明写检查的时候是边哭边写的……"梁广林说。

吴云尊心里十分压抑，没想到事情如此棘手！

夜色朦胧，吴云尊实在睡不着，窗外树叶间皎洁的月光隐约地闪烁着，如同他此时的心情一样波澜起伏……凌千语突然打来电话："云尊，没睡呢吧，梁广林找我了，说上次廖明那事要处理咱们，让我明天找他一趟。"

吴云尊说："没事的，这个廖明在用手段整咱们，你别怕，有我呢，事情本身咱们就有理。"

"这个廖明好像很有背景，我好害怕，梁广林说咱俩欺负他……"凌千语声音很憋闷，可见这次她害怕了。

"身正不怕影子斜，放心，有我在，没你任何事！"吴云尊稳稳地说。

"对不起啊，是我连累你了，我真不知道该怎么表达我现在的心情。其实最近我想和你说一件事的，可是又出了这件事我怕你心情不好所以没和你说。"

"哪里话，你是我徒弟，你受欺负我能不管吗？行了，别胡思乱想了，你有事随时说，现在睡吧，明天等我消息。"挂了之后吴云尊感到一场暴风雨即将来临……

第二天吴云尊去找梁广林，梁广林说："你下午先别去上课了，院长找你，来，我问你个事情。"梁广林把他叫到了门口："云尊，我想问下你在学校里有什么背景，你能转学是托人了吗？"

　　吴云尊心想："他是想侧面了解我在学校里有什么关系，后台是谁，我先不说，想整我的人可能不知道我是什么背景，再加上这事最好别麻烦王校长。"于是说："这个问题我也不太清楚，是我妈帮我办的。"

　　梁广林说："这样啊，那我请你妈过来一趟，说说这事。"吴云尊严肃地说："老师，这事没必要请我家长吧，本来都是廖明一面之词，没有任何证据，凭什么相信他？"

　　梁广林小声说："领导这么安排的，不是我和你过不去，下午你有想法和院长聊聊。另外我一会儿找趟凌千语，估计也得处理她。"说到这里吴云尊心想一定要找出廖明背后的人是谁，此人十分狡诈，估计整自己的手段是那个人想出来的！

　　下午经管院主任办公室。

　　院长陈浮萍坐在办公室里喝茶，此人面相狡诈，一看就不是好对付的。吴云尊坐在沙发上，两人都沉默了一会儿没有开口，陈浮萍突然说："行啊，我不说话你也不说，真沉得住气。"

　　吴云尊不屑地一笑："小事一件，谈何沉得住气？"

　　"行啊你，这要开除你了你还说是小事，心可真够宽的！"

　　"谁要开除我？开除我一个试试？！"吴云尊突然站起来大声说，吓得陈浮萍茶都洒了！

　　"你，你给我小声点，你想干什么？"陈浮萍此时慌了。"陈院长，咱们无冤无仇，我知道您不会害我的，肯定是在您上面有人指使您加害于我，廖明的事情根本不是真的，我猜测这里面肯有人想收拾我，学校领导用这种手段不太好吧，滥用职权！"吴云尊慢慢地说。

　　"事情真相到底如何我没有看到，可现在上面让我通知你即将被开除，因为上面相信廖明的想法，我没有办法不同意，另外你看看这是廖明写的事情经过。"

廖明的说法是吴云尊曾多次殴打自己，在学校里称王称霸，那天在超市门口凌千语和吴云尊主动挑衅他，吴云尊打了他十几拳，现在他身上有内伤，最后还让他跪下给凌千语道歉，逼迫他连续说了一百声对不起，导致他产生心理障碍，恐惧上学，请求学校开除吴云尊。

看完后吴云尊尽量让自己冷静："主任，我也写个事情经过吧，这上面说的都是假的，我被污蔑了！另外学校可以看看超市附近的录像啊。"陈浮萍说："写经过可以，去写吧，但是录像没有，因为超市那条街一直在维修，很多设施都暂停。另外我告诉你这事不好办了，已经惊动校领导，你做好被开除的心理准备。"

吴云尊沉住气写了一份经过，陈浮萍看都没看放在了一边："你先走吧，等我通知。"

搬弄是非

刚从院长办公室里出来就看到凌千语，她今天好像哭过，面色黯淡无光，吴云尊过去问："怎么了？"

凌千语抓住了吴云尊胳臂说："刚才梁广林说可能把咱俩都开除了！"说完就哭了出来。吴云尊拍了她一下："我说过没事的，放心吧，就算我被开除了也不能让你被开除。"

凌千语不再哭了，擦了眼泪说："刚才梁广林让我回去等消息，说这周就有结果，如果真要被开除，就开除我！我不上学了没事，但我不能因为这事把你给坑了。"

吴云尊说："可能咱俩都没事呢，事情还没结果，这几天我想想办法，别太焦急，昨天晚上你说有事和我说，现在说吧。"

凌千语思考了一会儿："先不说了，等这事过后吧。"

吴云尊说："这事情果然不简单，刚才院长陈浮萍找我了，话里有话，明明就是官二代仗势欺人，现在我不想办法不行了。学校应该以人为本，怎么能听信一面之词，在没有证据的情况下胡乱处理人，如果他们要开除咱们，我就去教委反映问题。"

凌千语的表情停滞了一下："主要你别有事，我被开除了真的不怕，我是担心你，我虽然不知道你为什么转学，但我见你第一眼就能看出来你不是一般人，虽然我不是个好女孩，但我接触你之后身上很多坏习惯都改了，我不但没有给你带来好处，反而给你找麻烦，不能因为我把你的前程毁了。"

吴云尊打断道："别说了，这事就是我的事，你现在回去休息，我会处理好的。"

第二天早晨梁广林打电话："云尊，你现在去趟学生处，金处长找你谈话。"吴云尊听后知道肯定没好事，做好了心理准备。

学生处处长室。

吴云尊一进门只见面前坐着一个虎背熊腰的中年男人，身穿一身米色西服，平寸头，眼睛细小，看起来不是善类。此人就是学生处处长金钟。在一旁还坐着一个人，是经管院副院长胡海，他岁数不大，听说和陈浮萍不和，两人在工作上经常出现分歧。

金处长伸手示意："坐。"吴云尊坐下后："金处长您好，胡院长您好，找我什么事？"

金处长点了一根烟，大声说："你自己惹的事你自己不知道吗？还问我，今天叫你来就是教育你的。"

吴云尊心想："他们一定是廖明背后的人，今天就跟他们过过招，看看谁怕谁！"吴云尊提高音量："我没有惹事，明明是你们是非不分！"

胡院长立刻说："吴云尊，反了你了是不是？怎么和金处长说话呢？"

吴云尊摆了摆手："他一上来就污蔑我说我惹事，廖明这事你们在没有任何证据的情况下听信他的一面之词想处理我，我能服气吗？"

金处长拍了一下桌子："你再嚷一声试试？"吴云尊声音更大了："你拍什么桌子，会好好说话吗？学校有规定只准你大声说话不让我大声吗？我现在都怀疑你是如何当的处长！"

胡院长起身劝道："你小子别闹了，金处长就是用事实说话而已，哪里污蔑你了？"吴云尊见金处长此时气得脸都红了，说："胡院长，您二位还没正面回答我的问题呢，凭什么相信廖明的一面之词？如果你们不回答，我可以认为是廖明的叔叔是学校的领导这个理由吗？"

金处长此时脸色变了，态度缓和了点："你都从哪里瞎听说的，人家廖明现在已经休学了，精神出现了问题，原因是你打了他，当然打没打这个目前在调查，今天找你来就是想让你认错，然后等待学校处理，如果认错态度好的话或许学校会从轻处理你和那个凌千语，可能不会被开除但要给个记大过吧。"

吴云尊大声笑了起来："金处长，您太小看我了，告诉您二位，我可不是一般人，你们让我主动认错就是给我挖了坑，然后再把我开除了！这点小伎俩对一般的同学很管用，多数孩子老实，知难而退，我这人有个习惯，喜欢知难而上！从不向恶势力低头，这事闹大了后悔的可能是你们。"

金处长严肃起来："行，我给你机会你不要，以后可别后悔，别以为你不承认廖明所说的事学校就处理不了你。"

吴云尊双手拍在桌子上，起身说："那咱们走着瞧，谁敢开除我我就去教委反映这个事，再不行我还有后招！"这几句话的声音极大，整个学生处都听见了。

坦诚相待

此时金处长脸色有如黑炭，被气得身体直哆嗦，他指着吴云尊说："我没见过你这样的学生！"胡院长拉住了吴云尊说："先走吧，回头我再找你。"

晚间吴云尊和哈冽练双截棍时把近几天的事说了，哈冽十分着急："学长，这事不好办，但我觉得他们也是看人，你这么能讲理他们可能轻易不敢胡乱处理你。"

吴云尊边练双截棍边说："这事我预感没事，放心，我有我的计划。"哈冽说："那就好，真对不起啊学长，我没有背景，帮不了你。"

吴云尊笑了："有你这份心就够了。"

周五上午张处长来电话："云尊，现在过来找我。"

教务处处长室。

张处长依然和蔼地接待了他，张处长说："今天我叫你过来就是想问你一个问题。"

吴云尊的第六感非常敏感，已经猜到了问题，应该是自己为什么转学！帮助自己转学的事是托王校长的面子，但程序上都是教务处张处长办理的，总之自己的事和张处长脱不了干系，没想到还是给张处长添麻烦了。起身说："您问吧，在您面前我知无不言。"

张处长喝了一口茶："你到底是因为什么原因转学？"吴云尊果断回答："因为打架，我在故渊大学把人给打坏了，对方缝了很多针，学校最后的处理结果是让我留级，我不接受留级，所以就转学来到这了。转学时候我没有和咱们学校的人提起这件事，担心说出了怕帝旦不要我，所以我也没和王校长说这件事，对不起，给您和王校长添麻烦了。"

张处长看了吴云尊一会儿没说话，吴云尊心里愧疚也没说话，张处长起身看着窗外："现在你和王校长的关系你没有和其他人说过吧？"吴云尊说："没有，学校里除了您知道，我没有和其他人说过。"

张处长说："那就好，学校领导关系复杂，你的这层关系暂时先别说，他们现在都认为你是我的亲戚或者朋友，而且转学的事按照规定我也要负主要责任，还有你在故渊的事现在学校都知道了！校领导之间都有联系，看来现在这个廖明的事的确不好办，他背后的人在学校里势力不小，我只是个中层，到现在连我也不知道那位想处理你的领导是谁！"吴云尊听到这里心想："这事的确太憋气，目前连对手是谁都不知道。"

张处长踱步到窗前："王校长下个月才回来，近期都在国外，联系他很不方便，估计他都不知道这件事。现在情况对你很不利，本来因为廖明的特殊关系学校在处理这件事上就不向着你，现在又知道了你在故渊的事，等于雪上加霜。"他走到了吴云尊面前："廖明写的事情经过我都看了，你跟我说实话，是否属实？与真实经过出入大吗？我听陈院长跟我说你和廖明描述的经过有很大出入。"

吴云尊起身说："张处长，廖明所描述的经过都是假的，全是他凭空捏造，目的在于陷害我，处理我。所以我一直没有认可学校的态度。"之后把事情经过说给张处长听，张处长说："好，我不会看错人的，我一直认为他写的经过不属实，既然你跟我都说实话了，我会全力帮你的。"

吴云尊心中十分感动："张处长，有您的话我心里踏实多了，谢谢您还是那么信任我。"张处长拍了他肩膀一下："行，那你走吧，等我消息，下午学校领导开会，会提到你的事，我会尽力帮你，不能让事情真相扭曲，学校处理问题更应该用事实说话，不能有个人感情色彩。"

学校会议室。

副校长林志首先说："关于有个学生转学的事，你们都听说了吧，我是才知道的，他之前在故渊因为打架转到了咱们学校，前几天咱们学校有位同学被他打了，听说那位被打的同学已经休学在家，精神好像出现了问题，我认为这件事很重要，咱们讨论一下如何处理。"

见其他几个领导没有说话，金处长先说："我找这个孩子谈话了，非常不顺利，他完全不服从我的处理意见，还对我出言不逊。"林校长说："张处长，有个问题我得问问，他转学是你给办理的，你为什么要帮他转学？"

仁义相助

张处长坦然说："没错，是我给办理的，转学的事当时我看这孩子不错，有文艺特长，成绩也不错，看起来很踏实，当然我没弄清楚他转学的真正原因，是我工作的疏忽，这个我自我检讨。"

林校长说："好，你凭借自己的感觉把这个学生给转过来了，现在出事了，你可要负责任。"

张处长立刻说："当然，他有任何事我负责！可是据我调查这件事并不是廖明所描述的那样，吴云尊看到廖明在欺负同学，他过去劝阻，就出手拉了一下，之后好像把廖明给拉到了，廖明就是摔了一个跟头而已，不是大事，不至于精神分裂吧？我总觉得这件事学校在处理上太轻信廖明的一面之词。"

林校长点头："或许事情的确有出入，我还没有调查，这事本来就是你们来处理，关于这件事其他人还有没有想说的？"金处长说："我不同意张处长的看法，张处长说的事实就等同于听信了吴云尊的一面之词，这也不行啊！"

张处长知道金处长在学校里和他处处作对，两人是老对手了，没想到这次他又开始了，于是说："金处长，那您说怎么办？现在就两个孩子的说法，各不相同，我个人是选择相信吴云尊，这是个好孩子。"

金处长笑了："各位不信的话可以问问胡院长，前几天我和胡院长找他谈话，没说几句他就起身威胁我们，还扬言说要是因为这个事给他处分了他就要去教委告我们，这是把社会青年的风气带入了帝旦大学！"张处长打断说："那是因为你们听信了廖明的一面之词，对事情处理不公正，吴云尊跟你们闹情绪也正常，血气方刚的年轻人可以理解。"

听到这里林校长似乎明白了什么，说："好了好了，这件事我大概了解了，你们各有说法，这样吧，再观察一段时间，可能真的没事，年轻人打架也是可以理解的，或许廖明说得有些失实，过几天安排导员去他家里看看他，如果没有诊断证明他有精神分裂就让他回来上学。"

校长助理田教授突然说："林校长，这事不能这么算了，不处理吴云尊就等于纵容他，万一日后他再惹出大事谁来负责？"田教授现在是校长助理，但和副校长没有区别，因为他是后备干部，即将提升为副校长了。

张处长用沉稳的嗓音说："他出事我负责！"田教授说："好，你说你负责，你怎么负责？"

张处长迅速说："他出事了你们处理我，我走人！"说完后会议室一片寂静，过了一会儿林校长笑着说："老张，哈哈，说气话呢吧，行了，这件事先这样，陈院长，你回头找一趟吴云尊，让他踏踏实实的，别再惹事了。既然他现在是你们经管院的人，今后他再闯祸你要负主要责任。"

散会后陈浮萍找了吴云尊谈话，告知了事情处理结果，吴云尊听后心里踏实下来了：“感谢学校对我的信任，今后我会踏踏实实的。”

陈浮萍说：“今天张处长为了你真的是舌战群雄，为维护你的利益差点得罪了其他校领导。”

吴云尊听后心里十分不是滋味。

陈浮萍说：“行了，以后就别再有事了，你会功夫，出手重，以后注意点，处理问题再柔和些。”

吴云尊问：“陈院长，既然事情处理完了，我想问下廖明的叔叔是学校里的哪位？我认为就因为他叔叔的关系学校才不信任我，为难我！”陈浮萍说：“你自己都说事情处理完了，怎么还问？有的事过去了就过去了，你这么聪明还用我说嘛。”

吴云尊知道做人要知进退，说：“好的，您说的是，那我先回去了。”他刚想离开时梁广林叫他去经管院办公室谈话，主要也是和他谈谈心，在谈话途中陈浮萍进了院办公室，和另一名老师说：“这个吴雨真可以，花了三十万就买下了一个博士学位，看来还是关系够硬没什么事办不成！”吴云尊听到后觉得很震惊，他没想到学校教师也会做这样的事，另一方面也惊讶于陈浮萍竟然这样不加遮掩地在大庭广众下谈论这件事。

从办公室出来吴云尊直奔教务处感谢张处长，到了之后吴云尊说：“处长，我真是……”没等他说完话张处长摆摆手：“行了，我懂，都在心里了，回去好好学习吧。另外陈院长这个人已经盯上你了，她不想你再出事，不然她也有直接责任。”

追溯年华

周末刚到家，看到刘将才在家里等他，母亲刘梦静说："将才来家里等你好久了，他要出国了，最后过来和你待会儿。"只见刘将才一身名牌，烟也换成中华了。

吴云尊说："这就要走了，出去多久？"

刘将才说："三年左右吧，等我回来那会儿你都毕业了。"

"这样啊，没有不散的筵席，出去你多加小心，国外和国内不一样，出去做生意的同时也要注意安全。"吴云尊嘱咐道。

"肯定的，这几年没准我真发了，哈哈。"刘将才笑着说。

"你现在不也发了吗？"吴云尊调侃道，"现在不算什么，咱们北京人有的靠拆迁有钱后不懂得让钱生钱，这是不行的，现在有很多机遇，所以咱们有条件的更得努力干。"刘将才说。

"晚上出去聚聚，我把白今哲、楚夜轩都叫来。"吴云尊所说的这俩人是他的发小，几人从托儿所一起玩到大，小学、初中都在一起。

"楚夜轩？我上个月看见他爷爷了，说他的抑郁症又开始严重了，现在不出屋子了。"刘将才说，"是这样啊，那我叫上白今哲吧。"吴云尊遗憾地说。刘将才说："白今哲他妈说他和他舅舅去国外玩了，都三个月没回来了，看来是想来个环球旅行。"

此时吴云尊心中感觉到长大了朋友们都是聚少离多。

刘将才突然走了，吴云尊的确有些不适应，想起和他第一次并肩作战是在高一的暑假……

那时附近新开了游泳馆，这个游泳馆是宇盛大学开的，原来只给内部人员使用，最近重新装修对外开放了。

当时附近的孩子都去过那里游泳，这家游泳馆在石景山区算比较大型高档的，每次去还能遇到一些初中、小学的同学，吴云尊因为不会游泳，所以没去过，但今天刘将才找他来了，让他跟着一起去游泳。

两人是初中同学，但在初中时接触不多，今天他来找吴云尊游泳，吴云尊本来不想去，可刘将才说教他游泳，一听就想去了，正巧这个时候楚夜轩来找他，楚夜轩见刘将才来了："你怎么来了？毕业一年没见了。"楚夜轩身穿黑色背心，身材比吴云尊还瘦些，他是吴云尊初中时班里最好的朋友，平时一放假就来找吴云尊玩PS2，初中时楚夜轩在班里总被欺负，是吴云尊多次帮了他，以后他就把吴云尊当大哥了。

在楚夜轩、白今哲、刘将才和吴云尊这四个人里最核心的人就是吴云尊，因为没有他其他三人聚不到一起，另外从领导能力方面考虑，吴云尊还是更胜他们一筹。

三人准备一起去游泳，到了游泳馆吴云尊遇到了同学张淼的父亲张叔，原来张叔自从首钢解散后就来这个游泳馆前台工作了，张叔说："今天来游泳的人很少，安全员都休息了，你们几个游泳可得注意安全！"

楚夜轩是游泳高手，经常在深水区里很从容地做各种动作，自称"浪里白条"！刘将才说："今天正好没人，教你也方便。"

刘将才话刚说完只见楚夜轩迅速地跳入水中，吴云尊记得自己上次游泳时候还是小学呢，那时候用工具可以在水里游动，但他不知道真正的游泳是怎么回事，他想先下水试试，谁都是从不会到会，搞不好自己自学成才，不用教。

吴云尊紧跟楚夜轩后面跳了下去，就在吴云尊起跳悬空的一瞬间刘将才大声说："你干吗呢？这是深水区！"听到这句话时已经晚了，吴云尊已经进入水中了。

吴云尊刚进水就感觉脚下踩不到底，喝了好几口水，心想："这下怎么办？好难受，难道我要死了吗？"

生死之间

　　吴云尊不断地下沉，他感觉如同落入了无底洞，嘴里已经不知道喝了多少水，下沉快一分钟了，他第一次感到了绝望。

　　突然有人抓住了他的右臂，在水中隐约听到是楚夜轩的声音，楚夜轩用力抓住吴云尊的右臂往岸上拉，可是吴云尊此时处于胡乱挣扎状态，楚夜轩拉他三次都没能成功。刘将才潜入水中从下面往上托吴云尊，吴云尊仍在挣扎，他脑子莫名其妙地想起了很多事，可能这就是生死之间的状态吧。

　　过了一会儿吴云尊感到抓住了一个东西，于是他用尽全力抓住了这个东西，自己也被拉出了水面，被拉出水面后，吴云尊吐了几大口水，之后躺下看着天花板，刘将才拍着他说："你是想弄死我吗？你看我的胳臂都被你抓流血了。"

　　视觉恢复后看到刘将才的胳臂已经流血了，有几块肉都被抓掉了！原来刚才自己抓的是刘将才的胳臂。吴云尊起来说："真对不起，原来最后是你救的我。"

刘将才笑道："最后你自己胡乱在水里挣扎游到了岸边，我才把你给拉了上来，谁知道你那么用力抓我，疼死了。"楚夜轩说："我三次拉你拉不动啊，你可真够可以的，怎么往深水区里跳。"

吴云尊尴尬地一笑："哈哈，刚才真的吓死我了，感觉自己要死了，有种到了阎王殿门口的感觉。"刘将才说："今天也别游了，你回家休息吧。"

吴云尊走了几步，感觉自己已经恢复，说："我已经没事了，谢谢你们帮我，走，我请客吃饭去。"

晚间回家，母亲刘梦静得知他们去游泳了，安全问题嘱咐了一遍，之后说："你们既然喜欢去游泳是好事，在宇盛大学我有个同学当领导，她有那里游泳的金卡，她之前还跟我说过孩子要是想去游泳就拿着她的金卡去，有了她的金卡你不但自己不用花钱，还可以带一群人都不花钱。到时候把同学们都叫去。"

吴云尊听后觉得很好："那真好，你快去借卡，我这就联系同学。"于是吴云尊把初中小学那些同学都约好了，共计二十几个人。

游泳时间约在了中午，当天上午刘将才先到吴云尊家，一进屋吴云尊说："救命恩人来了，这几天我还想呢，你真够意思，溺水时我把你胳臂抓成那样你还不松手，够义气。"

刘将才笑了笑："我回家跟我妈说了，我妈懂些玄学，她说你的命够硬的，起码她没听过都淹成那样还没事的，而且你是自己挣扎到岸边了，可见你命中有福气。"

吴云尊大笑道："哈哈哈！说得好，以后还有大事等咱们干呢，我怎么能死呢！"之后白今哲来了。

白今哲个子不高，但是双眼炯炯有神，和吴云尊一样爱看小说，他是吴云尊最早的一个发小，可谓从小玩到大。白今哲进来说："你没事吧，我刚才听楚夜轩说你差点淹死了。"

"我怎么可能有事，楚夜轩那小子呢，别让他出去瞎说，影响我的威名。"吴云尊话音刚落楚夜轩进来了，他手里提着一大袋子冰棍，说："来哥儿几个吃吧，听说今天约了很多咱们的同学，今天我请客吃冰棍。"随后四人在游泳馆门口等着其他人到来。

同学们陆续到齐后，时间刚好12点整，吴云尊等人一起往游泳馆走，到了门口发现很多人，楚夜轩说："今天人怎么这么多，还都不进去。"白今哲说："对啊，怎么都不进去，这都12点多了，走，咱们进去。"

吴云尊带头进了游泳馆，刚一进门就听见里面有人大声冲他们说："滚出去！"

年轻气盛

吴云尊当时很气愤："让谁滚出去呢？再说一遍。"

结果从游泳馆大厅前台走出来了一个人高马大的中年人，此人一脸络腮胡子，相貌十分凶狠，身高至少一米九，身穿跨栏背心，双臂肌肉线条分明，从外形上看此人绝非善类！这个人走过来指着吴云尊说："是我说的，让你们滚出去，没听见吗！"态度极其跋扈。

吴云尊当场对他说："你算什么东西？凭什么让我出去，会好好说话吗？是不是想打架！"对付这个人吴云尊虽然没把握，但也有信心一拼，因为打架靠的是真功夫、反应能力、爆发力等，块头大小只是其中一个因素罢了，很多会打架的高手块头都不占优势，但能打过比他大几号的。

刘将才在一旁劝阻："先算了，都别说了，今天是来游泳的尽量别打架。"随后对中年人说："为什么让我们出去？现在都12点多了，开门时间到了。"

中年人态度依然很恶劣地说："门口那么多人都等着，你们没看到吗？

他们进来我都给轰出去了，你们也一样，今天馆内维修，1点开门，通知已经贴到门口了，你们没长眼睛啊，不知道看看！"听到这里吴云尊指着他大声说："你会好好说话吗？"刘将才迅速拉住吴云尊，说："走吧，别理他，今天同学都来了，目的是游泳，这人可能是神经病。"

中年人听后笑了："我是神经病？告诉你们小兔崽子，我混社会那会儿你们还穿开裆裤呢，在首钢这片我可是挂了号的！我叫单磊龙，这片儿没有不认识我的，小子，好久没人敢这么跟我说话了，你小子要是找打就说话！"只见单磊龙双手抱臂，一副傲气冲天的样子。

吴云尊实在忍不住了想过去打他，刘将才说："先出去再说。"出去后楚夜轩说："这孙子挺狂啊，咱们揍他一顿吧。"白今哲说："太欺负人了，这人一看就是飞扬跋扈惯了！"

刘将才说："打他应该没问题，咱们有理，不怕他，可是来这么多人最好别出事。"吴云尊说："这样吧，一会儿先游泳，等同学都走了我去找他算账，让他道歉，不然我就收拾他！"其他三人都说一起去。

几个女同学都劝道："算了吧，大家聚聚不容易，别打架了，你们几个很厉害我们都知道，别和这种无赖计较。"吴云尊听后摆摆手："这人太差劲了，必须教训教训他！"

1点，游泳馆开门。所有人陆续进去排队领钥匙，由于今天1点开门，人们之前都挤在大门口，这下子一起进导致整个大厅里都是人，吴云尊这里一共需要30把钥匙，排队轮到了他对单磊龙说："我要30把钥匙。"没等他说完话单磊龙打断说："一人80，30人拿2400块钱来。"

今天吴云尊带了金卡，所以可以无限带人，都免费，有了金卡在这里就跟有小金库一样，他把金卡拍在了桌子上，单磊龙看后愣了一会儿，拿出了

30把钥匙。吴云尊把钥匙给了大家后先去游泳,这个时候单磊龙突然起身问:"你们别走呢,我问你们,这个金卡是从哪儿来的?"

听到这里楚夜轩急了:"你怎么说话呢?什么叫从哪儿来的?你他妈什么意思?找我抽你呢吧!"单磊龙走了过来,大声问楚夜轩:"我的意思是这卡是谁给你们的,或者说你们的家长谁有这张卡!"

几天后吴云尊才明白过来,金卡是宇盛大学处长以上级别才有的,单磊龙虽然是单位一霸,但他看到吴云尊有金卡,多少有点忌惮吴云尊等人的背景,万一是校长的孩子可就糟了,当时单磊龙就是想问清楚金卡是谁的而已,这人是个无赖,但他也有忌惮的人和事,毕竟刚才吴云尊和他闹了不愉快,万一是哪个官二代单磊龙可得罪不起。

吴云尊此时心里的火山已经爆发了,那个最后堵着火山口的岩石也被单磊龙的猖狂给推开了,忍不住说:"你是不是找打?我刚才没理你,你还来劲了,从现在开始,别说话了,不然我打得你满地找牙!"

此时白今哲等人都围住了单磊龙,单磊龙突然说:"你们仗着人多是吗?有种给我等着。"说完点了一根烟,刘将才拿起游泳的玩具打在了他头上,单磊龙被打后转身就去前台打电话,边拨号码边说:"你们不就是人多吗,给我等着,我找人码平了你们!"吴云尊知道此人可能认识些社会人。没等吴云尊做出决策,刘将才突然跑到单磊龙身边,他上前胡乱拍打电话按钮,单磊龙掏出手机想打电话,没等单磊龙电话拨通说话他就以迅雷之势给了单磊龙两个嘴巴子……

大 打 出 手

刘将才瞬间给了单磊龙正反两个嘴巴子，场内所有的人都惊呆了，全场目光都围住了他们，此时刘将才洪亮地说："我跟他单挑，你们都别上！"吴云尊等人听后暂时没动，但吴云尊心想要是打不过我们再上。

单磊龙撸起袖子露出了粗壮的胳臂，大声骂道："我看你是找死！"没等单磊龙话说完刘将才拿起固定电话，直接往他面门上扔去，单磊龙被电话重重地砸在了面门上，之后刘将才又拿起前台的承装礼品的纸箱子，往单磊龙身上砸去，单磊龙被打得连续后退好几步，随后刘将才冲了过去抱住了单磊龙的腰，可是单磊龙及时反应过来了，用力捶打刘将才后背，声音震耳欲聋，咚咚咚！刘将才只能松开了手，单磊龙边骂边进攻，他是流氓出身，打架功夫自然了得，刘将才和他正面对了几拳没占到便宜。

白今哲说："我看刘将才一个人悬，这人一看就是混子，这块头，刘将才一个人对付不了吧。"

吴云尊说："一会儿见机行事，尽量别出手，说好单挑的，咱们不能坏了规矩！"楚夜轩说："本来就是他没理！"

此时刘将才处于劣势，单磊龙已经连续抱摔刘将才两次了，已经打了几分钟了，刘将才大叫一声胳臂勒住了单磊龙的喉咙，这下子单磊龙被勒住了无法动弹，脸色呼吸困难，看着要没气了！楚夜轩在一旁大喊："好样的！干他！"在场的人有些跟着起哄："牛逼，打他，上次他也骂我了，这人就是欠打，不信没人治得了他了……"

单磊龙试图反抗，可都没有效果，一般被勒住脖子不好挣脱，刘将才双眼遍布血丝，用尽泰山压顶之力不松手，单磊龙实在没办法，双手做出投降的手势，这下子刘将才才松开，如果再不松开单磊龙估计休克了。

刘将才松开后，单磊龙起身大喘了几口气，随后猛然出拳把刘将才打倒在地！在场的人在一旁大声说："都放过你了你怎么还打？"吴云尊迅速地冲了过去给了单磊龙一脚，拉起了刘将才："这人不懂规矩，咱们一起打他！"

单磊龙脱下了上衣，浑身肌肉比吴云尊想的还要多，这个人的身材称得上是怪物级，刘将才刚才被打了那么多下此时脸上已经浮肿。

吴云尊直接过去往他脸上出拳，单磊龙也出拳反击，巧的是没有一拳打到吴云尊，单磊龙被吴云尊重拳打得从前台后退到门口！可能是他和刘将才打了很久累了，体力没有恢复。

刘将才拿起了门口的铁架子，直接往单磊龙头上打去，单磊龙见状后退一步，可吴云尊同时踢了他一脚，结果架子打在了单磊龙的胸口，那一脚踢得比较高，本来想踢他肚子，谁知道他因为躲铁架子，头往下身低，正好踢在了他脸上！

大家看到单磊龙脸上有了一个鞋印都笑了起来，单磊龙跑到了前台柜子里，拿出了自行车的车锁，吴云尊和刘将才连忙后退，边退边找东西防御，吴云尊拿起场内的拖把，刘将才拿起了拖地的水桶，两人一个眼神就知道接下来该怎么做！

单磊龙抡起车锁打向吴云尊，吴云尊躲开后用拖把打向他的小腿面，单磊龙没站稳蹲下了，之后吴云尊用拖把猛击他肩膀，打了几下后拖把被单磊龙拿住了，单磊龙力气之大一下子差点把吴云尊弄趴下，这个时候一桶拖地的水直接泼到了单磊龙身上！他只能松开了拖把，吴云尊借机用力打了他好几下，中途他想抢夺拖把，可是被泼了水看不清，外加刘将才拿着水桶打他，最后单磊龙坐在地上被打得双手抱头！

之后有人大喊："快走吧你们，保卫处的保安来了！"场内让开了一条路，保安队来了，这个时间距离开始打架有十分钟左右。

吴云尊二人不打了，保卫处长姓李，原来是首钢的职工，之后被安排到这里工作了，他其实和吴云尊的大爷是以前首钢的同事，但当时双方不知道关系。李处长看到此场景十分惊讶，这些人什么来头，竟然把单磊龙给打成这样！但是因为单磊龙平时飞扬跋扈，在单位里横行无忌，仗着自己的弟弟是混社会的，外加自己也是个练家子，所以平时在单位里欺负人成了习惯，大家心里都恨他入骨，但没有人敢站出来收拾他，毕竟宇盛大学是正规单位，多数人都是正经上班，不敢惹事，平时都躲着单磊龙。

李处长见单磊龙被收拾了，心里也高兴，他知道早晚会是这个下场，于是问："你们是哪里的？为什么打架？"吴云尊把事情大概描述了一遍后李处长用手扶了下眼镜："这样啊，你们俩跟我来保卫处，磊龙你先去休息室，一会儿再叫你。"单磊龙十分狼狈地起身后瞪着吴云尊等人，楚夜轩指着他说："看什么看！再看再打你。"后来保安强制把单磊龙拉到了休息室。

　　吴云尊立刻说："李处长，我俩去就行了，我这帮同学都是来游泳的，这是金卡您看下，让他们去游泳吧。"之后大家陆续去游泳了，这个时候吴云尊才发现全场人为了看这场打架几乎没人去游泳，都还在大厅呢……

息事宁人

保卫处。

李处长进屋后笑着问："你们俩谁打的？"刘将才说："我打的。"

李处长小声说："你够可以的，这个人可是单位中的一号人物，平时没人敢惹他。"

刘将才说："不怕他，接着打我奉陪！"吴云尊跟着说："本来就是他欺负人，我们打他的时候很多人都跟着叫好，可见民心所向！"

"行了，我刚才看了下单磊龙没有大碍，只是皮外伤，正在医务室呢，你们俩先回去吧，回头我问问单磊龙，有事再找你们，记住了，这个单磊龙是石景山的老牌流氓，你们还年轻，犯不上跟他死磕，懂吗？"

李处长认真地嘱咐了他们后，吴云尊点头说："懂了，这种人不值得去较劲。"

出了保卫处，白今哲、楚夜轩在门口等着他们，楚夜轩说："看来这是没事了，咱们本来就是未成年，加上单磊龙的伤没大碍，等于这事就完了。"

一路白今哲若有所思："这事我看没那么简单，这个人是单位一霸，肯定有社会背景，不然怎么可能这么多人不敢惹他，李处长的嘱咐肯定另有深意，咱们现在开始别大意，事情可能没你们想得那么简单。"

吴云尊听后很认可："没错，听说他弟弟就是混社会的，不好对付。"

楚夜轩突然走在前面说："不怕他们，咱们这么多年打架怕过谁？谁是咱们的对手。"

刘将才深吸了一口烟："不是谁怕谁，首先这事咱们已经占上风了，目前就是等李处长处理结果，咱们没必要跟这类人死磕。"之后几人都去了吴云尊家。

到家后母亲刘梦静问："你们几个人刚才是不是在游泳馆把一个人给打了？"吴云尊说："是的，你都知道了？"

刘梦静坐下喝了一口水："刚才你大爷给我打电话，说你打架的事传开了，那个叫单磊龙的是个地痞流氓出身，老牌混子，你们几个孩子怎么把他给打了，我听了都不相信。"刘将才笑着说："阿姨，就是我和吴云尊打的，打他的确挺费劲的，是他步步紧逼的。"之后把事情经过说了一遍。

刘梦静听后说："这样，你大爷跟我说这事就此打住，保卫处的李处长原来和你大爷是同事，都是首钢的，这件事上李处长会维护你们的，但是明枪易躲，暗箭难防，这人今天被你们打了，可谓丢尽面子，以后万一报复你们怎么办？再说你们之间也没那么大仇，你大爷说一会儿他亲自去找李处长，把事情处理得圆滑些，最好息事宁人，毕竟人家被你们打了，赔点营养费是应该的。"

吴云尊起身说："不行！凭什么赔他营养费，这个不行，我现在就给大爷打电话。"刘将才抓住吴云尊胳臂："别急，你听我说，这事本来就不是大事，息事宁人最好，赔营养费就是给对方一个台阶下，懂了吧。"

白今哲劝道："没错，这次你就听你大爷的，没问题，你放心，赔了营养费咱们也不丢面子。"刘梦静说："你听听他们说得多有道理，孩子，以后做事可要学会知深浅，把握好事态发展关系。"

吴云尊听后明白了："这样啊，我懂了，那就等消息吧。"

晚间李处长约吴云尊和刘将才去保卫处，进去后大爷也在，单磊龙也在，只见此刻的单磊龙面色红润，笑声爽朗："小伙子过来，真是不打不相识啊。"

大爷吴幕斌训斥道："你这个事情可得反思，人家是长辈，骂你几句你就不应该计较，以后抬头不见低头见的，今天的事你可得知道错了。"一旁的李处长说："都是年轻时候过来的，血气方刚正常，磊龙，你说呢？"

单磊龙大声笑道："好说，今天他们也给我上了一课，平时我脾气也冲，以后也得改改。"说完起身和刘将才、吴云尊握手。

离开保卫处后大爷对吴云尊说："以后可得收着点脾气，这人虽然可恶，但不到迫不得已别出手打人，他的家里人和我还有过生意合作呢，都是这片的人咱们别把事情做得太绝，反过来说要是玩硬的咱们也不怕他，可是这事本来就是话赶话，犯不上继续打。另外我听你妈说借的卡，这事要是闹大了也给借你卡的人找了麻烦。"

吴云尊不好意思地说："这事给您添麻烦了。"吴幕斌说："行了，回去跟你们同学玩去吧。"

表白日

11月的寒风袭来，感觉突然进入冬季了，今年的晚秋格外的冷，因为风很大，但有一个人心是热的，尤其是今天，她的心如同被烈火点燃一般，她就是张怜心。

张怜心自从见到吴云尊就喜欢上他了，他拥有帅气的外表，皮肤比多数女孩都白嫩，说他是"小白脸"一点都不过分，声音充满雄性的阳刚，身材细长偏瘦，肌肉结实，情窦初开的少女对吴云尊这类男生很感冒。今天上课时吴云尊听女同学聊天说凌千语她已经一个星期没来上课了，于是下课后他问夏婉露关于凌千语的去向，夏婉露的态度很冷漠："你可真关心她，她是不是早就是你的人了？"

吴云尊笑着说："别闹了，我和她的关系和你一样，是好朋友，快说她怎么了？"夏婉露漫不经心地撩了下那修长如细雨般的秀发："我不太清楚她的事，可能是家里出事了，她上周就回家了。"吴云尊隐约感觉这事可能不是小事。

　　吴云尊晚上教双截棍的时候感觉张怜心有些不对劲，总是走神或发呆，上前问："怜心，你怎么了？不舒服吗？"

　　"没，没有，我，我其实……"张怜心吞吞吐吐地说。

　　"到底怎么了？有事说啊，我们大家都帮你。"吴云尊看出来她有心事。

　　"我一会儿跟你说吧，师傅，我……"张怜心又开始吞吞吐吐了。

　　"那行吧，一会儿说，你可有事别藏着，有困难找我。"吴云尊认为她可能有经济困难，因为她的家境很一般，来帝旦大学后经常外出打工，勤工俭学，这种品质令吴云尊十分佩服，有难处自己一定会帮的。

　　练习结束后张怜心红着脸对吴云尊说："师傅，我有话跟你说。"声音很小只有吴云尊听得到。

　　今晚的夜色十分模糊，有些事情应该永远模糊下去吗？答案在张怜心的心里是"不"，于是她鼓足勇气对吴云尊说："我喜欢你！"

　　此刻吴云尊正在想她是不是遇到什么困难了，可没料到竟然蹦出了这么一句，吴云尊愣了一下说："你跟我开玩笑呢吧，哈哈。"

　　"我没有开玩笑，我是认真的，我思考了很久，我知道可能我不够漂亮，你看不上我，但是我对你相思已久。"张怜心的眼神吐露出坚定的信念。

　　吴云尊沉默了，不知该说什么，因为他的确不喜欢张怜心，但他不能伤害她，拒绝的话一定要委婉，自己来学校没找对象就是一直没找到合适的，宁缺毋滥，张怜心既然不是自己喜欢的类型，那就不能耽误她。

　　"怜心，听我说，你是个特别好的女孩，可是不是我喜欢的类型。"还没说完张怜心用手做出了暂停手势："停，我懂了，其实我知道你这么优秀是不会喜欢我这种平凡女孩的，我和凌千语比起来真的是差很远，她那么漂亮你们男孩子应该都喜欢吧。"张怜心幽幽地说。

"别这么说，每个女孩都有自己独特的美。"吴云尊说。

此时时间已经很晚了，哈冽过来说："学长，今天我请客吃南门夜宵，你们都先别回去了。"吴云尊起身说："好啊，走。"张怜心跟在后面说："师傅，那个，刚才的话就当我没说，以后咱俩还是好朋友吧？"

"那肯定，哈哈，别瞎想了。"

跟着吴云尊练双截棍的到现在一共有20个人，今天基本都到齐了，一行人正往南门的方向走去，发现不远处的广场上有一大群人，吴云尊问道："哈冽，这都十点多了，怎么还有学生没下课？"

哈冽说："应该是上选修课吧。"正巧此时走过来一个女孩，手里竟然拿着一根长枪，吴云尊上去问："同学，你们在上哪门选修课，武术课吗？"

女孩不解地说："什么选修课？是我们师傅传授功夫……"

以 武 会 友

"什么！？你师傅在传授武功？"吴云尊感到十分惊讶，究竟是谁有这么多徒弟，突然想起了一个人，徐宗北！

"你师傅是谁啊？"哈冽问。"徐宗北啊，你们想学的话跟我来吧。"女孩热情地说。

"我们有师傅了，不学！"张怜心在一旁说。"去看看也好，人外有人。"吴云尊认真地说。于是女孩带着大家到了广场中。

路上不少人在自练，器械十分全面，长棍、长枪、短刀、九节鞭，还有双截棍。吴云尊心想："没想到这个徐宗北果然有两下子，弟子这么多，而且会的器械如此繁多。"

不远处见十几个人围了一圈，中间是一个身材矮小、长发披肩的男子在练拳，身法迅捷，根基稳重的步伐让吴云尊一眼就看出此人功夫不错，他就是徐宗北。

女孩等徐宗北练完后说："师傅，这里有些同学想了解一下咱们的功夫。"徐宗北回身一眼就看上吴云尊，两人对视了刹那，徐宗北微笑着走了过来："如果我没猜错你就是迎新晚会上表演双截棍的吴云尊吧？"说完伸出了手准备握手。

没想到此人不仅功夫好风度也不错，吴云尊对他印象很好，伸出手说："是的，我来学校后久闻你的大名，知道在学校里你弟子众多，早就想向你请教，可是之前一直没找到你，今天恰巧路过有幸结识，深感荣幸。"

"别这么说，论风度我这个形象哪能跟你比，一见你我就心想哪来的帅哥，哈哈，之前我们在的地方有些扰民，于是学校让我们换地方了。"徐宗北笑着说道。

徐宗北又说："今天咱们既然认识了，就切磋下，来，咱们都露几手！"徐宗北想看看吴云尊的实力到底如何。随后对徒弟说："李海麟，你去让所有人都停下过来，迎新晚会表演双截棍的吴云尊来了，大家都来学几招！"

这会儿吴云尊没有拒绝的余地了，但他也没想过拒绝，说："好，那我就来几下。"

上百人围了一个大圈，吴云尊龙行虎步，大步流星地走向中央，二话没说发出了风火轮加大臂反弹，随后左右逢源、翻江倒海等套路组合，这次自己也意识到功夫近期进步了，速度比以往都快！宛如毒蛇出洞，青龙出水！几个套路下来大家纷纷鼓掌，完毕后徐宗北上前说："说实话，你的实力在我之上，论双截棍我服你！"

吴云尊马上说："哪里，这些招数估计你都看破了，见笑了。"徐宗北说："来，我也用双截棍来几下。"

　　说完徐宗北翻了三个跟头，之后站起马步，发出双手互搏，一出手就有大家风范，步伐身法中掺杂着传统武术的影子！吴云尊立刻认识到此人果真不简单，功夫底子应该至少有十年了，恐怕自己真的不是对手。

　　只见双截棍在徐宗北手中收放自如，宛如自己身体的一部分一般自然，这令哈冽都惊叹不已，他的招数很多都是吴云尊一时间看不明白的，不仅耐看还凶猛无比！当时吴云尊就萌生了一个想法："我要学会徐宗北的双截棍招数和套路！"

　　完毕后李海麟上前递汗巾，徐宗北对吴云尊作揖说："在你面前班门弄斧了！"吴云尊立刻回礼："哪里，是我长见识了！"之后两人一见如故，可能是同道中人的缘故吧，得知徐宗北已经大四了，目前在北京自己创业，开了三家武馆了，他今后就想走这条路。

　　正聊着，吴云尊的手机响了，一看是凌千语……

又一个表白

电话里凌千语语气很低落："云尊，我在宿舍楼下，你过来吧，有事和你说。"

吴云尊正想问问她这几天去哪了，到了楼下见她面色暗淡，一脸苍白地对他笑："云尊，我有话对你说。"

吴云尊心想："她今天看起来异常憔悴，细看眼底红肿，应该是哭过，先问问怎么回事。"于是问："千语，你怎么了？是不是哭过？"

凌千语没有说话拉着他的胳臂说："咱们去那边走走吧，我今天心情很不好，你陪陪我吧。"

"我，好吧。"吴云尊知道凌千语在学校里人缘不是很好，可能这个时候只有吴云尊是她的朋友。

"千语，有什么难过的事就和我说吧。"两人坐在了亭子里。

伴随着秋风和她被风吹乱的长发让吴云尊有种格外萧瑟之感，凌千语低头说："我家里出事了，心情很糟糕，以后咱俩可能……"

俗话说说话听音，凌千语今天可能想告诉自己一些秘密或者想表达些什么，吴云尊安慰道："说吧，别把我当外人，在我心里早把你当作最好的朋友了。"

凌千语听后哭了出来："谢谢你不讨厌我，我知道我不是个好女孩，但自从和你接触后我被你感染了，好多坏毛病都改了，很多同学瞧不起我，说我不是好东西，可我也有苦衷，算了，说点其他的吧。"

吴云尊此时才发觉她肯定有事情，可能有苦难言，说："没有什么过不去的……"凌千语靠在他肩膀闭上眼睛听着他的安慰，或许这些话两人都知道没什么用，但此刻这种被关心的感觉令凌千语感到很美好，哪怕只是一刹那，也会给她带来瞬间烈焰般温暖。

凌千语看着吴云尊的眼睛说："你喜欢我吗？说实话。"吴云尊知道这个问题也是自己想问的，凌千语其实各方面都很好，可是交往过的对象太多，名声不太好，并且听夏婉露说她还做过人流手术，总之自己对她的感情徘徊在爱与不爱之间。

"喜欢，真心喜欢，可是又有不喜欢的地方，这两股感觉似乎就是理性与感性，两者在我脑海里相互争斗很久了，我现在还不能做出决定，因为我重视你，万一咱俩好了之后我又觉得你不好，到时伤害了你多不好，还破坏了咱俩的友谊。"

凌千语满足地笑了："有你这些话就够了，你们男人多数都在乎女人的过去，就算有说不在意的那只不过是谎话而已，可能是想得到我然后玩腻了再说不合适，对吗？"

吴云尊尴尬地说："不太清楚你说的，可能吧，但对你我不能这样啊，再说我也不是这种人。"凌千语起身说："回去吧，可能以后……"似乎有些话停顿了，吴云尊也猜出来了，她遇到的困难似乎不是自己能解决的。

吴云尊说："今天实在不想说就别说，以后想说随时找我，开心些。"到了宿舍楼下吴云尊看着凌千语离去的背影突然产生了一种离别之感，这种感觉自己之前有过几次，似乎这次也很准。

几天后吴云尊在操场和哈冽练双截棍时，不远处过来一个人，是李海麟，他上前说："学长您好，我是李海麟，徐宗北的徒弟，上次见过面的，你记得吧？"

吴云尊想起来了："记得。"李海麟上前说："我想跟你学习双截棍，可以吗？"

吴云尊知道他是徐宗北的徒弟，自己收他为徒有些不合适，于是说："可以倒是可以，但你是徐宗北的徒弟，我不太方便吧。"李海麟说："没事的，我和他说了，他同意了，因为我觉得你的双截棍要比他的厉害，我想学习一下你的招数，真心的。"

吴云尊问："你怎么知道我在这里的？"李海麟笑着说："上次你和徐宗北聊天时说过你晚上在操场的，我找了你几次了，今天可算找到了。"

"没想到你如此有心，这种追求功夫的精神令我佩服，好，以后你就跟我学习双截棍吧。"

在练习过程中因为李海麟已经学会一些双截棍，所以就直接教他一些深层次招数和套路，令所有人惊讶的是这个李海麟学招数一学就会！

交流传播

经过几天和李海麟的接触，吴云尊感觉此人悟性不在自己之下，甚至更在自己之上。

一次哈冽悄悄说："学长，这个李海麟学什么会什么，这样下去早晚超过你啊。"

"教会徒弟饿死师傅？哈哈。"吴云尊感觉到李海麟不简单。

"那是啊，他前几天还总问你表演的事，我看他也想表演，想出名，他和我一个专业的，我听说他还想创建社团呢。"

"哦？自立门户？"

"对啊，你看他先拜徐宗北为师，然后又来找你，目的性强，此人不得不防。"

"大家都是为了追求功夫，这谈不上防不防，你多想了吧。"

"没多想啊，你看他如果把你的功夫学会了，就等于在双截棍方面集合了你和徐宗北两家所长，那以后学校就没有人比他厉害了，再办个社团，今后人都跑他那里去了！"哈冽语重心长地说，"学长你看，咱们收徒教学应该有个度，自古以来都是这样的，你这人就是太实在，把自己会的巴不得一下子都交给徒弟，而且你教得又很好，所以李海麟现在是如鱼得水。"

"明白了，可是咱们中国武术自古以来都有一个陋习，就是封闭，过分地在意你说的这些名利上的事，追求这些是好的，不能说李海麟有私心就是错误的，我也追求啊，他想求学我糊弄他就等于和过去那些搞自我封闭的武术家没区别。"吴云尊看着天空继续说："我国功夫之所以到现在很多都失传了就是因为这个道理，你看日本空手道、韩国的跆拳道，70年代就风靡美国等发达国家，因为在观念上相对中国比较开放，并且能者居上，所以我和李海麟交流一下也没问题。"

哈冽拍了一下脑门，茅塞顿开的样子："学长，你说得也没错，你可以这样啊，他学了你这么功夫不能让他白学，我那天看徐宗北的双截棍套路招数很有意思，他肯定会，你让他教你呗，这样你们俩才是交流！"

吴云尊说："对！就这么办，这样的话我学他的功夫得学上至少半个月。"

晚间操场上李海麟挥舞着双截棍，近期功夫进步神速多亏吴云尊苦心孤诣的指导，不远处吴云尊出现了："海麟，跟你说个事。"

李海麟停了下来："哥，您说。"

"我看你的功夫不错，徐宗北的双截棍套路你总练，教教我吧，之前徐宗北和我说他的徒弟都收费了，不能长时间教我，他的时间也紧张，你正好有时间，你教我一下他的双截棍技巧吧。"

"没问题，那从今天就开始吧，这几天我心里在想，哥你教了我这么多，我不知道怎么回报你呢。"李海麟爽快地答应了。

这或许就是中国武术界应该有的风气吧，吴云尊此时没想到李海麟真痛快，之前哈冽和自己可能误会了这个孩子。

随后几日吴云尊掌握了很多新技巧，如今的他已经把双截棍中很多隐含的技巧掌握了。

"马上要达人秀选拔了，今天是复审，能过的就可以进入全校十强决赛啦！"几个同学纷纷议论着，这次达人秀是帝旦大学新增大型晚会，决赛以晚会形式出现，规模不亚于迎新晚会，吴云尊当然参加了。

复赛当天徐宗北出现了，他没有参加初赛，直接被学生会邀请进入复赛，可见对他十分重视。

休息室里吴云尊在等待上场，汪岩也来了，笑着说："云尊，快看徐宗北。"只见徐宗北在打坐，和武侠里的大师姿态一样，很多同学过去看了之后在笑。

"宗北，打坐呢。"吴云尊过去打了招呼。徐宗北说："哈哈，休息会儿，今天本来不想来的，非让我过来给他们这个达人秀捧场，你也是双截棍？"

"是的，凑热闹，呵呵。"

回到座位上汪岩说了一个消息："刚才我问了，这次达人秀由于报名人数过多，已经过百个节目了，学生会决定最后十强决赛的节目不能重复，也就是说武术表演你和徐宗北只能一个人进决赛！"

一时冲动

吴云尊淡定地说："没事，本来就是能者居之，一会儿看看吧。"

谁知徐宗北走了过来："刚才我听说了，咱俩只能一个进决赛，你进吧。"

"什么？那你呢。"

"我没事，本来就不想参与，哈哈，他们让我来决赛捧场的，你进决赛吧，一会儿我胡乱来几下子，我也和学生会打招呼了，说自己不进决赛了。"

"那多不好，进决赛多好。"

"这没事，最近我的武馆很忙，第四家武馆要开张了，你记得到时候去捧场啊！"

"这样啊，到时一定去！"随后吴云尊顺利地进入了决赛。

回到宿舍后吴云尊心情十分舒畅，给所有朋友发了短信，让他们下下周去看自己的表演。

　　闲来无事吴云尊打算去找自己专业的人一起打游戏，他抱着笔记本电脑来到了郭幺丑的宿舍，玩的是DOTA，游戏中本专业的十个人一起玩，但在游戏途中发生了不愉快的事……

　　途中隔壁屋的任曦在游戏里骂了吴云尊几句，吴云尊知道是在玩游戏DOTA，于是没理他，但随后任曦不停地在游戏骂吴云尊配合得不好，吴云尊是个很爱面子的人，他知道近期自己别再有事了，尤其是打架，上次廖明的事情刚过去，要忍住！于是他起身说："我先不玩了。"一旁的郭幺丑说："任曦就这样，脾气冲，别理他，你想开点别生气。"

　　回到宿舍后，郭福主动来找他了，对吴云尊说："云尊，刚才你走了，我知道你生气了，别计较，任曦霸道惯了。"吴云尊摆了摆手："别说了，我知道，最近我真的不想有事，但是今天的事就这么忍了很不舒服，我现在去找他谈谈，让他以后注意点。"

　　郭福立刻拦住他："别去！任曦和郭幺丑他们可浑了，尤其是任曦他们，听说打架很厉害。"吴云尊听后笑了："他算什么，不信他们能打得过我！你们是不了解我的厉害，他们在我眼里根本连做对手的级别还不够，我打架比他们加一起都厉害！"

　　于是吴云尊冲向了任曦宿舍，他的目的就是和任曦聊聊，能不打就不打，但对方实在不讲理那就见机行事吧。

　　任曦正在打游戏，吴云尊对他说："你先停下，我和你说几句话。"一旁的王宇说："云尊，是不是为了刚才的事，我们打游戏都相互骂，你就别往心里去，哈哈。"

　　任曦突然说："我就骂你了，怎么了？"吴云尊本来听王宇解释后不生气了，双方有个台阶下就完了，毕竟自己现在真的不想有事！可一听任曦的话自己的火立刻上来了！拍了一下桌子大声说："把你刚才说的话再说一遍！你别不知深浅，懂吗？"

任曦站了起来："我就是爱骂人，你想怎么着？"吴云尊指着他说："小兔崽子，我告诉你，打架的话你真的不是个儿！别跟我瞪眼，小心我把你门牙打掉了！"一旁的王宇和王泽等人一起劝架。

任曦坐在了凳子上，一副不服气的样子："你还想打我是吗？你问问专业里谁敢惹我？"吴云尊抓住了他的衣服把他拎了起来又甩了出去，任曦一下被甩出了好几步撞在了门上，宛如一头笨猪。此刻郭幺丑来了，他扶起任曦说："吴云尊，你想打架是吗？"

吴云尊一看便知郭幺丑是和任曦一起的，双手插兜，靠在了柜子边："任曦啊，我一来学校就听说你们有些朋友抱团，但我告诉你，就你们这样的抱团也打不过我，还有你郭幺丑，别跟我指手画脚的，你算什么东西？打架的话就你这样的我五招之内把你打趴下！"

郭幺丑平时和任曦一样飞扬跋扈，听了吴云尊的话肯定下不来台了，于是撸起袖子说："那就打吧。"说完向吴云尊走来……

犹豫不决

郭幺丑如同一只狗熊一般扑向吴云尊，吴云尊准备正面给一个日字冲拳，没想到郭福突然冲了进来站在了中间，摆手说："别打！听我说几句。"随后双方停下了动作，他继续说："幺丑，你给我个面子，云尊他是新来的，这事也不全怪他，云尊你也消消气，大家都知道你很厉害，今天的事你就别计较了。"

吴云尊听后说："行，都是同学，我也不想找麻烦。"郭幺丑突然露出不屑的笑容："吴云尊我告诉你，说起打架我未必输给你，今天的事我也不想找麻烦，但你有点太牛逼了，你要是不服气可以随时来找我！"说完就走了。

任曦被吴云尊给镇住了，默默地坐下玩电脑，没有多说话。屋内其他同学也不说话了，吴云尊知道今天自己得罪了任曦和郭幺丑以及他们宿舍的成员。

晚间躺在床上，吴云尊怎么想今天的事怎么不舒服，首先自己是因为廖明的事情不能再打架了，其次王校长和张处长因为转学的事为自己付出那么多，如果再惹事，实在不对起他们，并且学校现在已经知道自己转学的原因，就是因为自己在故渊大学把别人给打坏了才转的学，领导肯定盯上自己了，自己如果再有事可能就被开除了！

所以这事自己只能忍了，但心里就是有那么一口恶气出不去，这口气仿佛一条蛇，趴在自己的胸中，时刻吐信骚扰着他的心，他巴不得把这条蛇抓住然后撕成两半，但事实上他只能忍了，不能动手。

实在睡不着起来透透气，脑海里想起了刘将才，他一直以来是自己的左膀右臂，可他已经不在国内了，之前和自己从小一路走来的兄弟也都因各种原因不能帮他了，现在他感觉到"势力"这个词的重要性，如果刘将才在的话收拾教育郭幺丑之流太容易了，自己也不用出手了。

思前想后，他决定找一趟郭幺丑，让他知道自己的厉害，不然忍了不是一个事儿。

一进屋见郭幺丑他们都没睡，吴云尊直接说："今天的事我想和你聊聊。"

郭幺丑点了一根烟，那种不屑的眼神令吴云尊作呕："想聊什么？"

"今天的事就是任曦骂人不对，我知道可能是个误会，我和他的事可以过去了，但你最后说的一句话让我不能接受，你说想打架的话随时来找你，我就想告诉你，谈打架你不是个儿，懂吗？"

"呵呵，那咱们可以试试，你的事我其实都听说了，但是你记住了，人外有人，打架的话我不比你差。"

一旁的周福插了句话："我说一句，云尊，打架的话我们真不怕你。"

梁志也说："你今天其实不仅得罪了我们宿舍，也得得罪了任曦宿舍了。"

张昂说："要是打起来我们两个宿舍合在一起打你，你受得了吗？"

吴云尊听了这些话后，心想："今天我真的不想打架，但就是没想到这些人如此不知深浅，哎……"吴云尊严肃地说："我真的想和你郭么丑好好沟通的，不过你们一起上真的打不过我，不服气咱们可以试试，我现在就是认为这个事咱们犯不上打，不然换成我原来的脾气你们敢这么跟我说话，没等你们说出刚才的话我早就出手了！"

郭么丑大笑道："哈哈，我好怕怕啊。"周福等人站了起来。

梁志突然说："这样吧，今天既然你把心里话也都说了，可能你很牛逼，但是我告诉你我们不怕你，既然你不想打就走吧。"

最后郭么丑说："先睡了，你要是想打架明天再来，回去想想吧。"说完上床睡了。

吴云尊此时的心里十分复杂，他此刻已经忍不住了，没想到这几个人如此不知天高地厚，但自己因为种种原因不能打架，他不知道该不该翻脸出手，没想到几个鼠辈竟然在自己面前如此猖狂，今天本来就是想和他们聊聊，希望双方都有个台阶日后好相处，可没想到一进屋郭么丑说话就不让步，于是他忍不住了，指着郭么丑骂道："你算什么东西！给我滚下来。"

一触即发

郭幺丑从床上下来后，周福等人也站了起来，就在此刻吴云尊的手机响了，是导员梁广林来电："吴云尊，在宿舍呢吧？刚才怎么回事？听说你又想打架？"

吴云尊说："是的，今天的事您怎么知道了？"

梁广林着急地说："你先别问我怎么知道的，你立刻给我控制住情绪，明天中午就来我办公室找我，我今天正好回了家没在学校，明天中午我到学校。"

"可是老师……是他们逼得我打架。"

"你别冲动！有事明天说，你记住了，你现在别有任何事了，你上次在陈院长那里怎么保证的？难道你忘了？"

"好吧，那我明天中午去找您。"说到这里吴云尊更加犹豫不决了，因为此刻老师已经知道这件事并及时调节了，再有事自己肯定也不占理。

吴云尊把刚才梁广林来电话的事跟郭幺丑说了，郭幺丑听后点了一根烟，吐着烟圈笑着说："这电话打得真及时。"

周福又坐回座位上说："以后咱们管梁老师叫'及时雨'吧，哈哈。"

张昂说："有人真聪明，打架之前先告诉老师，之后再说老师劝阻了不能打了，呵呵。"

听到这里吴云尊意识到刚才的来电给自己带来了极大的困扰，使郭幺丑等人的气焰更加嚣张了，他立刻说："告诉老师的是谁我也不知道！不信你们明天问问梁导去！"

郭幺丑笑了："行了，你走吧，不敢打架就直说，废话真多。"

吴云尊此刻死命压住了怒火，没理他们走了。

上午上课时郭福来劝说："云尊，昨晚的事你怎么又去找郭幺丑了？听说差点打起来了，算了吧，这事到此为止，改天大家都消气了还是朋友，都是误会而已。"

"我也知道这不是大事，可是他们实在太可恶，昨晚到最后他们还是不服气，认为我不敢打他们！我昨天一夜没睡好，心里这口气怎么说以后也得出了！"

"你别急，首先你小看他们了，郭幺丑的能量还是挺大的，他们在大一那会儿也打架，可能没你厉害吧。"

"他们算什么东西！跟我打让他们一起上都不是我的对手！"

"还有昨天是谁告诉老师的？你知道吗？"

"这个我真不知道，咱们专业那么多人，想讨好老师的很多。"

吴云尊打算中午去跟梁广林沟通下，把事情说清楚。

中午午休时，吴云尊刚出宿舍楼在宿舍门口台阶处看到郭幺丑和宿舍其他三人迎面走来，郭幺丑摆了摆手，拦住了吴云尊："你去哪？"语气里带着挑衅的意味，并且从他们四人的面色潮红来看肯定是喝了很多酒，一说话酒气熏到了吴云尊。

吴云尊本想找梁广林先解决，不想理他们："让开，我去找梁导，他让我现在去找他。"

郭幺丑哈哈大笑："是不是害怕我们了，向老师寻求帮助？我说你一个小白脸来学校好好地谈恋爱多好，听说你挺招女孩子喜欢，和她们玩去多好，干吗要跟我们较劲？"

吴云尊努力控制住情绪："你走开，我跟你说不通。"

谁知郭幺丑突然指着他大骂："吴云尊！我告诉你，以后你给我注意点，再有昨晚的情况我对你不客气！"

听到这里吴云尊实在忍无可忍，但他知道不忍也得忍，收拾他们是必须的，但不是现在，不然真打起来自己可能被开除了，真这么走了又显得太窝囊了，于是他想了一个暂时试试郭幺丑的想法，打算出拳打向郭幺丑面部，拳头快要碰到面部时收拳，这种招数只有高手做得到，吴云尊肯定没有问题，于是他立刻出拳，速度极快打向郭幺丑面部，郭幺丑当然没反应过来吓了一跳，下意识地后退一步，不巧后面就是宿舍门口的台阶，他没站稳从台阶上摔倒滚了下去……

陷入苦战

郭幺丑起身大喊："跟他拼了，打啊！"说完周福、张昂、梁志三人一起冲向吴云尊，此时吴云尊心里一片空白，没想到事情发展到这个地步，还是打起来了！

吴云尊心里闪现出了两个想法："第一种是打！打得他们爬不起来，知道我的厉害，让他们后悔跟我打！出了这几天我心里的这口恶气！第二种是正当防卫，别让他们伤了自己，但也尽量别打伤他们，既然他们已经冲过来要打架了，自己不还手也不行，但别下重手，这四个人应该都不是会打架的人，并且喝酒了，酒壮怂人胆！所以不打不行了，只能和他们周旋看看。"

周福他们三个人同时出拳打向吴云尊，吴云尊用散打的滑步巧妙地躲开了，可这三人穷追不舍导致吴云尊双手防卫不了，吴云尊挨了好几拳后感觉很不爽。郭幺丑突然从后面加入战局，四人同时出腿踢向吴云尊，吴云尊只能靠侧面躲避，但也被周福踢了一下，吴云尊刚转身，这四人又是扑向他发出一些乱拳，这些乱拳吴云尊正当防卫起来很难，又被打了好几下！但周福被他一脚踢倒在地，梁志也被他抓住衣领摔倒了，可郭幺丑借此时机给了他胸口一拳，吴云尊后退好几步被张昂抱住了腰部。

吴云尊要是真想挣脱开张昂有好几种办法，但此时他不想伤人，正在自己犹豫之际，其他三人起身同时按住了吴云尊的身子，四人同时用力想摔倒他，吴云尊意识到绝对不能倒下，不然就很被动了，他巧妙地借力站稳，四个人用了一分钟左右没能摔倒他，五人已经打了几分钟了，围观的同学越来越多了。

吴云尊的心里充满了愤怒，自己从来没受过这气，他准备豁出去了，之后的事再说吧，用十成功力收拾他们，下重手！防卫结束，反击开始。

吴云尊突然用力挣脱这四人，但他们的手还没有松开，吴云尊用头撞向梁志的鼻子，梁志大叫一声后坐在了地上，鼻血瞬间流了他一脸！其他三人被镇住了，吴云尊立刻挣脱开，回身凝聚雷霆之力发出鞭拳打向周福，这一拳用足了力气，周福一米九的身高被他一下子打在脸上倒下了，张昂、郭幺丑两人前后出拳夹击吴云尊，吴云尊正面用形意拳中的半步崩拳打向张昂面门，没想到这一拳和张昂的拳头对上了，一下子听到了骨头对碰的声音，吴云尊感到拳头麻了一下子，张昂捂着拳头蹲了下去，郭幺丑在后面打了他几拳后吴云尊抗住了，回身掐住了郭幺丑的脖子，用力往前走，一下子把郭幺丑按在了墙上！

全场围观同学都看傻了，有些大喊："牛逼！没见过这么能打的……"

正当吴云尊一只手按着郭幺丑另一只手想打他的时候，其他三人从后面打他，他瞬间感到后背挨了十几下！

在正常实战中有些人总说自己一对多的时候就先按住一个打，这句话绝对是错误的！因为当你在打其中一个的时候，其他人一起打你的话可能你会撑不住来自四面八方的拳头，吴云尊此刻就是感到打架一对多真的不容易！

吴云尊回身一看梁志满脸是血地挥舞着拳头，下意识地把攻击对象锁定为梁志，谁让他一脸是血那么扎眼呢！

吴云尊抓住了梁志的拳头往自己这边一拉，周福和张昂的拳头都打到了梁志！吴云尊用右臂锁住了梁志的喉咙一下把他撂倒，然后正想打他的时候，耳旁感到自己后脑部位有拳头袭来！吴云尊没有长后眼，但他能听到后方的拳头，他用的是咏春派听桥！咏春听桥是上乘的招数，只有高手才能做到，在看不到敌人时可以感知到对手来袭的点，之前吴云尊也不知道自己到底掌握了没有，没想到这次实战中激发了吴云尊的潜力，让他临场领悟了听桥！

燃云单刀

吴云尊回身抓住了郭幺丑的拳头，用力往前一拉，此刻其他三人缓过气来想冲向吴云尊，此刻吴云尊感到他们四人形成了包围之势，必须迅速突围！于是他用出了咏春标指招数！这也是他近期领悟的上乘技巧，标指的威力极大，尤其是攻击对手的部位很可能是眼睛，所以实战中一般不到危急时刻不能使用，也可以说算是咏春中不提倡的招数吧，毕竟算是下狠手了。

标指招数一出郭幺丑捂着眼睛大叫起来，因为吴云尊也是第一次用，所以手掌五指并拢用尽全力戳向郭幺丑的眼睛部位，一下子他感觉戳到了一个很软的东西，那就是郭幺丑的眼珠子吧。

只见郭幺丑捂着眼睛大叫起来，形象有如一只发疯的狗熊，姿态十分滑稽。其他三人见状吓得不敢动手了，吴云尊深吸一口气心想："今天打也打了，是他们逼我的。"之后他冲向郭幺丑给了他小腿面一击寸腿，郭幺丑一下没站住坐了下去，吴云尊骑在他身上连续用自己的绝招左右直拳猛打郭幺丑头部！其他三人在背后攻击吴云尊，吴云尊此时真的怒了，郭幺丑被打得捂着头，于是他起身准备把这三个人也打得爬不起来。

吴云尊起身给了周福面部一个寸拳，把他也打得坐在了地上，随后梁志、张昂两人见到吴云尊如此勇猛无敌，吓得都不敢动手了，吴云尊继续走向梁志，吓得这两个人转身后退数十步！在场的很多同学在一旁惊叹："真厉害，没见过这么能打的……"

突然有人大喊："给我住手！"学校的保卫处人员来了。

吴云尊见到保安来了，也不打算继续了，他心里有种说不出的滋味，敌人的确倒下了，但以后的事怎么办……

保安们扶起郭幺丑，他现在被打得满脸是血，四人里被打得最惨的就是他，吴云尊知道这件事问题严重了，他决定自己立刻去办公室反映问题，占得先机。

经管院办公室。

吴云尊进了办公室把刚才的经过跟梁广林说了，梁广林听后愣住了："你，你真是不听话啊！我让你中午过来，没想到你就在这个时候打架！"

"梁老师您听我说，是他们逼我的，我真的不想打架！"

"我理解你没用啊，这事立刻全校传开了，你可真能打，四个人都打不过你。"

"我就没想打，不然他们早去医院了，双截棍还没上呢！"

"你以为我在夸你是吗？以后怎么办啊！陈院长一会儿就来，你跟她解释吧。"梁广林在屋内不断走动，吴云尊感觉此事不妙！真的不好处理了。

陈院长到办公室后了解了情况，对吴云尊说："你准备好被开除吧，哎，你怎么就是不听话，上次廖明的事情刚完，你知道费了多大劲学校才没处理你吗？张处长上次为你跟学校其他领导快翻脸了！你怎么就是要打架？！"

吴云尊听到张处长，心里十分不是滋味："陈院长，我知道错了，这件事情我承担，但是从现在开始我的事和张处长没关系，我自己处理吧。"

"自己处理？怎么处理？这件事现在林校长以及其他校领导肯定都知道了，全校同学都围观了，刚才我来的路上就听到经管院打架了，打得很凶，和武打片差不多，说你都能当武打演员了！"陈浮萍喝了一口水，"你现在去写检查吧，具体如何处理我得跟学校反映后才知道。"

写检查时吴云尊的心非常乱，这次凶多吉少，被开除的概率很大，郭幺丑的伤势如何他也不知道，自己费尽周折转学没想到在帝旦才上了一个学期就又要离开了，唉……

反思这件事自己的确有不对的地方，例如太爱面子了，很多事退一步也没什么大不了的，再说之前玩游戏骂几句就没必要去找任曦计较，闹出一系列问题，最终还是打起来了，演变成现在的局面，吴云尊深吸一口气："目前的情况已经这样了，后悔也没用！必须想办法应对……"

谁人能敌

梁广林满头大汗，神色紧张地说："吴云尊，现在的情况很不好，刚才校医室打来电话说郭幺丑现在半个脑袋都肿了，他的眼睛被你戳了一下吧，现在里面全红了，他要去医院做个检查，估计不是小事。周福他们三个也都受伤了正在检查，你怎么下那么重的手？都是同学。"

"我真没想下重手，是他们逼的我，我说过了，这件事他们有责任的，再说先动手的不是我！"

"怎么不是你？他们都说是你。"

"我开始就比画一下，根本没想打架，是郭幺丑被我吓到了，一下子从台阶上滚了下去，这不能怪我吧？"

"总之现在事情很不妙，局势对你不利，云尊啊，你说你转学过来多不容易。"

"我又何尝不知道自己的不容易，这事我的确有错，从一开始就不应该去找任曦理论，其实都是小事，但后来逐渐演变成打架了，哎，我心里也后悔，以后不能太爱面子了。"

"云尊，你说你认错态度倒很好，不管这事处理结果如何，我希望你今后有所改变，别太爱面子了。"梁广林扶了下眼镜，"你受伤了没有？郭幺丑他们都要求去医院看看，你需要先去校医那里看看吗？"

"我没事，他们没伤到我。"吴云尊满不在意地说。

"你可真够可以了，四个人跟你打你自己反而没事他们倒都去医院了，这次你肯定全校出名了，影响很不好。"梁广林说。

吴云尊的思绪仿佛空中漂浮不定的白云，不知道自己今后何去何从。

陈院长过来说："吴云尊，你先停课回家吧，后续等我通知。"吴云尊听后知道事情不妙，直接停课恐怕要对自己进行开除处理！

回到宿舍，张言等人都劝他别灰心，没下达开除决定前还有机会。李余文拍了一下他的肩膀："兄弟，你的确很牛逼，我们都服你，但是这件事你怎么没有提前和我们说，我们知道肯定得劝你，因为廖明的事刚过去，你转学的原因学校也知道，他们早就盯住你了。"

吴云尊看着窗外的余晖："我又何尝不懂这些道理，我看了那么多小说，这些人情世故我比任何人都懂，可惜我就是太要面子，在这方面个性过于执拗吧，今后我肯定改善自己的不足之处。"

陈超宇说："你说得对，刚才上课时候财管的都在传你的事，都说你像水浒英雄，现在的确都认为你最厉害了，可这没大用，有些时候别太冲动。"吴云尊说："是的，现在我心里很乱，走一步看一步吧，回家让我好好反思下。"

李余文说："其实郭幺丑这类人很多，你打一辈子也打不过来的，不知天高地厚的多了去了，你打了他们后的确知道你最牛逼了，可这意义不大，我承认他们四个就是欠教育欠打，但是没必要你去打他们，打了他们你付出代价不值当！"

吴云尊简单收拾了东西，心里有种说不出的苦楚，有时候面子有了，其他的东西失去了，例如他现在所谓的面子很到位，学校里肯定没人轻易敢和他打架，他的名声也是"大哥"了，可是后续的事情该如何是好……

到家后母亲刘梦静已经知晓此事，刚才张处长打过电话，刘梦静说："孩子，这次的事既然出了，我不说你也知道利害关系。"

吴云尊放下书包，靠在沙发上闭上双眼："知道，我深刻反思了，今后这类事不再有了，绝对！"

"刚才张处长电话里跟我说他这次也会帮你，但不能保证你不被开除了，唉，现在该怎么办好？"

"别着急，越到关键时刻越要稳住，沉住气，先让我想想。"吴云尊摆了摆手，倒了一杯红酒品了起来。

"我能不着急吗？你说转学这一路多不容易啊，你如此冲动导致现在的后果，总之咱们得想办法，不能被开除！"刘梦静坚定地说。

"我知道事情的严重性，现在难点就在于我之前转过学并且上次在故渊打架的事情学校已经知道了，外加廖明的事情，学校在处理这件事上肯定不偏向我。还有导员梁广林跟郭幺丑关系很好，这件事上导员也不会向着我的，现在我是有口难辩，整体不利因素太多了。"

孤独之感

一个人的夜晚感觉特别孤独，电话响起，是夏婉露："云尊，今天下午我刚到学校就听说打架的事，你已经在帝旦出名了，都说你轻易地把郭幺丑他们四个打趴下了，刚才我看到郭幺丑他们了，郭幺丑的脸被你打得跟柿饼似的，其他三个也愁眉苦脸的都受伤了，你们到底因为什么打架？"

吴云尊闭上双眼："本来就是因为小事，没想到演变成打架，现在我可能要被学校开除了，已经被停课了。"

"那怎么办啊？你刚来一个学期，马上又该期末了，你不来上课怎么行！"

"没办法，等过几天再说，不行的话我自己去学校找领导谈谈吧。"

"说真的以后你也别太冲动了，你的实力太强，出手必伤人。"

"我知道了，谢谢你关心我，说实话今天从回家路上到现在我感到有种莫名的孤独，要是被开除了，我也不知道该怎么办。"

"你别瞎想了，你先等几天，下周没消息的话你就去学校找领导问问。"

"好，你说咱们一路过来多不容易，我要是被开除了等于高考白考，想想就不甘心。"吴云尊叹了一口气。

"别灰心，不过说真的我真不希望你走……"夏婉露说，"明天开始我给你盯着学校的举动，以及郭幺丑他们的情况。"

"那真的麻烦你了。"

深夜一声惊雷，吴云尊从梦中惊醒，随后几个小时他都没有睡，因为睡不着，想想这次自己于情于理都有可能被开除，自己去学校找老师理论感觉都不是很占理，毕竟上次廖明的事和自己转学的问题学校已经对自己十分关注了。况且郭幺丑他们的伤势还不明朗，走一步看一步吧，张处长那边真的别再麻烦他了，后续的事自己处理。

他的心很乱，想给凌千语打电话问问学校的事，可是电话竟然关机，第二天接着打还是打不通！正好此时夏婉露来电话："云尊，今天郭幺丑他们四个回来上课了，你可真够厉害的，郭幺丑半边脸都被你打成柿饼了，肿得吓人，一只眼睛红了，听说受伤不轻！其他三人脸上多少有伤，但不是很严重。"

吴云尊听后松了一口气："这样啊，那就太好了，我以为郭幺丑出了大事呢，眼睛红了但他还能上课，说明他没大事。"夏婉露接着又说："还有件事想和你说下，关于凌千语的。"

"啊，说吧。"吴云尊说。

"她上周开始就没回学校了，听说她家里破产了，她父亲因为赌博还欠了一屁股债，她上个月回家就因为这件事，当时我还以为是别人瞎说的呢，谁知道这次她又走了，我是听和她关系好的几个女生说的。"

"什么？！那她这次？"吴云尊感觉不太好。

"这次她应该是退学了！因为家里原因她不能继续上下去了，可能过几天回来办理退学手续。"

吴云尊听后沉默了良久，夏婉露问道："是不是你感到很失落，十分地舍不得？"

"没，没有，我只是……"

"别跟我说没有，我和她虽然不和，但我能感受到她对你是真心的，可惜她要走了。"

"婉露，谢谢你告诉我这些，唉，没想到她的家庭竟然给她找了这么多麻烦。"

第二天母亲刘梦静要出国出差了，吴云尊说："你走吧，学校的事我自己可以处理的！"

刘梦静说："那就好，孩子，不管这事处理结果如何你都要平和心情，你记住了，任何时刻有你妈呢！但以后可要多加反思，改改脾气。"

吴云尊起身笑了："我自己会处理好的！你就放心吧！"

母亲走后吴云尊的心逐渐平静下来，想想这件事情自己必须要面对，坐下沙发上看着天花板，吴云尊脑子里有个声音在告诉他，不能被开除！因为你是吴云尊，那个打不倒的铁人，你从故渊转学到这里不容易，当初你力挽狂澜的豪气何在！

于是他恢复了斗志，起身准备给张处长打个电话，一是表达下自己的愧疚之意，之前没打因为自己实在不好意思面对张处长，但是不打也得硬着头皮打，希望张处长能骂自己一顿，另外再问问现在学校的处理情况。

陷入困境

吴云尊给张处长打通了电话："张处长您好，最近我的事情估计您已经听说了，真的很抱歉。"

张处长依然那么平和："云尊，这几天我正在为你的事犯愁呢，这次的事情首先我相信你不是主观想打架，可能是对方的问题。"

听到这里吴云尊心里十分舒畅，没想到到了现在张处长还是那么信任自己，慢慢地说："这次的事的确不是我主动挑起的，有些被逼的因素，可我自身也反省了，今后不能再一意孤行了，要更加圆滑。"

"那就好，知错就改，好样的！"

"处长，我……"

"什么都别说了，我明白，我也是从你这年纪过来的，哈哈，明天来趟学校找我吧，咱们当面聊聊。"

心情似乎好了起来，没想到张处长对自己如此信任，此时愧疚之心更加严重了，自己怎么这么冲动，要是没有这件事该多好，今后自己一定要做出改变，避免这种事发生。

冬日的午后阳光十分难得，照在吴云尊的脸颊上很温暖，回到学校他直奔教务处。

张处长深吸一口烟："云尊，事情现在很不妙，但你要给我记住了，不到最后时刻你不能放弃，每个人高考都不容易，我不想看到任何孩子被开除，但学校的部分领导主张开除你，在会上我当然持反驳意见，林校长暂时没有对这件事下决定，我建议你先去跟陈院长沟通下，让她相信你今后不会再有事了，不管有没有用你必须去，她很关键！"

所谓说话听话音，张处长所言之意陈院长的建议可能影响自己的未来，毕竟自己是经管院的人，张处长继续说："王校长目前还没回来，不过马上就期末了，他应该快回国了，最后这段日子如果学校没有决定开除你，等王校长回来，可能会帮助你，那样的话事情可能会好转，你现在一定要沉住气。"

"好的！那我这就去找陈院长。"

经管院院长室。

"陈院长，我今天是来承认错误的。"吴云尊进去后诚恳地说。

"你知道错了现在也没用，事情都出来了，那四个孩子都被你给打成什么样了你知道吗？"陈浮萍不耐烦地说。

"我知道，所以前来和您沟通，希望您能给我一次机会，看我今后表现。"

"那你如果再打架谁给我机会？你们闹事我要负责任的，懂吗？"

"懂，当然懂，我肯定今后不能再有事了。"

"这件事情目前我不能给你回答，我目前的意思是开除！没办法，你太厉害，我真的怕你了！刚才郭幺丑还要求你赔偿他医药费呢，我说你们四个人打一个没打过还好意思要赔偿，总之这事小不了！"陈浮萍不耐烦地说。

"咱不能因为这件事把我一棒子打死！谁都有冲动的时候，再说这次打架我真的不是主动的一方。"

"行了，我这一会儿还有会，你回家继续休息吧，等通知！"陈浮萍摆摆手下了逐客令。

走在学校的操场上，冬日的风虽然刺骨但远比不上他心里的痛，夏婉露正巧在操场上散步，过来说："你怎么回来了，事情怎么样了？"

"情况很不妙，陈浮萍想开除我，我不能就任由她开除我，得想办法。对了凌千语呢？回来了吗？"他突然想到凌千语，既然要退学应该会回来一次的。

夏婉露说她电话一直打不通，可能是在路上信号不好吧，你现在打给她看看。

吴云尊此时打通了："千语，你在哪呢？"电话里许久没有声音："云尊，这几天我家里出事了，昨天在路上手机关机了，我的事情你听说了吧，对不起啊，一直没和你说过我的事。"

"那你什么时候到？"吴云尊问。

"我这就到了，你来奶茶店等我吧。"

送别千语

凌千语哭了，哭得很厉害，吴云尊没见她如此伤心过。

"云尊，我不想走，真的，可是我不得不走……"凌千语边哭边说。

"没事的，一切都会好起来的。"吴云尊一边安慰一边在想，有些时候真的会好起来吗？

"相信你肯定也能渡过难关。"

"一定！"

随后两人沉默了许久，仿佛感觉有些事就如同一场梦，凌千语自己也想不到突然要退学了。

吴云尊和她走在学校里，感受着学校里熟悉的氛围，但以后两人不会再来了，凌千语走得很突然，很突然……

有些朋友你以为会陪你很久，但很可能下一秒她就不得不离你而去，所以要好好珍惜身边的每一个好朋友。吴云尊今天有种难以表达的情感，或许走过了就知道珍惜了。

凌千语突然抱住了他："云尊，我知道我不是个好女孩，我也反思过，知道你很传统，不喜欢我这类型的，但我知道你把我当成真心朋友了，这就够了，夏婉露她是个好女孩，你们俩很合适，别错过了。"

"别说这个，你，唉，我其实喜欢你的，真的。"心中复杂的情感在此时一触即发。

"有你这句话我很开心，行了，我该走了，这几年可能都不来北京了，今后你要好好的，以后有缘再见。"

凌千语上车后吴云尊站在原地看着车子远去，她走了……

几日内学校一直没有通知，正当吴云尊忍不住想给陈浮萍打电话的时候，没想到陈浮萍先给他打来了："吴云尊，学校有了处理意见，是开除。你做好心理准备吧，这是综合决定。"

听后吴云尊立刻急了："这个决定我不同意，如果要开除别怪我不客气！"

"你还想干什么？！你，你太放肆了！"

"我知道学校做出开除决定和你有直接关系，你从其中肯定没起好作用！"事到如今吴云尊就算再说好听的也没有用了。

"我不想和你多说，你还年轻，可以继续高考，明天来学校签字吧。"说完就挂了。

累，心累。吴云尊感到最近活得很累，想想过去有事可以找刘将才以及几个很要好的朋友商量，现在这些人都不在身边，目前只能靠自己了，可自己现在能做什么，王校长一直没回来，张处长已经尽全力了，况且学校已经做出决定了，这事不好办。

转学这一路真的不易，不能被开除！先回学校看看情况，处分下来估计也没那么快，还有时间想办法。这个陈浮萍没起好作用，要不被开除，先得摆平了她！没有自己战胜不了的困难，因为我是吴云尊！

吴云尊打算明天去找陈浮萍，把话说明了，自己要是被开除了，不会放过她的！她的师德不够高尚，在她眼里没有育人为本，她只在意别出事，在意自己的乌纱帽！

就算最终被开除，但也不能不争取，不拼一拼怎么知道自己行不行。

马上期末考试了，学生都投入紧张的复习当中，凛冽的寒风如同刀子一般刮在吴云尊的脸上，他两眼发红，直奔院长室。

直接推门进入，吓了陈浮萍一跳，吴云尊说："您不是要开除我吗？我现在还就跟您说了，这件事不行！退一步说如果我被开除了，主要责任就是你，你很关键，以为我不知道吗？"

陈浮萍拿起电话说："你立刻给我出去，不然我找保安了！"

吴云尊说："你给我听好了，我被开除了你这个院长肯定当不了了！"这句话的含义很深，陈浮萍一时没明白……

吴云尊走出去后心想："目前处分还没公布，肯定有机会扭转乾坤，让我想想。"

他独自走到樱花园门口的大石台坐下，闭上眼想着这些日子发生的事，夏婉露从不远处走来，吴云尊招手："刚去图书馆吗？"

"对啊，你要回来考试了吧？"夏婉露向她走来。

"哎，别提了。"吴云尊沉闷地说。夏婉露默默地陪着他，突然说："你看地上的是什么？"

吴云尊起身一看樱花园门口这一路的确有断断续续的液体，红色的，可能是美术专业不小心洒的颜料吧，突然夏婉露抓住他的胳臂，大喊："血！"

恰逢时机

血！只听夏婉露一声大叫，吴云尊用力呼吸的确闻到了血腥味，立刻说："别怕，有我呢。"环顾四周没有发现危险的因素。

"你看，那边也有，啊，怎么一条线！"血迹从樱花园门口一直通向宿舍方向，吴云尊说："我到这里有一会儿了，这血应该是在我来之前有的，咱们先离开这里，一路看看是什么情况。"

两人沿着血迹走，最终走到了男生宿舍楼，楼下很多同学议论纷纷，吴云尊上前打听后得知经管院国贸专业一位同学被杀了！是宿舍同学之间矛盾引起的，由于一位同学夜里总是打呼噜，同宿舍的另一位同学一直对他不满，两人因为此事争执很久了，最终对打呼噜有意见的同学拿刀把打呼噜的同学杀害，听说捅了好几刀，下手很重！

据说杀人的同学精神存在一定的问题，总之这件事是学校里最大的事情了，估计现在校领导正在头痛呢。

夏婉露听后吐了一口气："真可怕，刚才吓死我了，我还以为是其他恐怖的情况呢。"

吴云尊好像没听到她说话，夏婉露拍了他一下："跟你说话呢。"

吴云尊刚才正在想这件事情对自己有利！目前死人了，学校不能总出大事，现在开始就跟陈浮萍来硬的，让她知道经管院如果再有事她更是吃不了兜着走！

吴云尊会心一笑："婉露，感觉我的事有转机了，等我的好消息吧。"当天回到宿舍休息，准备第二天继续找陈浮萍理论。

经管院院长室。

只见一人走路一阵风，直冲院长室，屋里陈浮萍正在和一个老师大声说话："出了这么大的事！你早干吗去了？我看你是不想干了，你还是组长，这个导员是怎么当的？建校以来从来没有过如此恶劣的事情，现在事情已经出了，你准备随时走人吧。"

那位被骂的导员应该是出事班级的辅导员老师，低着头说："院长，对不起，我真不知道他们会这样，一开始只认为是同学之间的纠纷，小矛盾而已，谁想到会动刀子杀人啊。"

陈浮萍指着她鼻子说："这就是你工作的失职，别跟我说废话！"态度极其飞扬跋扈！吴云尊认为这件事属于概率性极低的事情，赶上了算倒霉吧，不能过分责怪辅导员老师，于是上前打断说："陈院长，您不能把事情全怪在导员身上，她要是早能预测这件事肯定会制止的。"

陈浮萍一看吴云尊出现了，下意识地后退几步："你，你怎么没回家？"说话都有些结巴了。

"哈哈哈，陈院长，我有要紧事和您说，所以昨晚在宿舍住了一晚，本来昨晚想来找您，可您下班了。"

"你有什么事？昨天不是已经说明白了吗？"

"我就直说了，您不能主张开除我，不然我让您这个院长干不了！现在学校经管院出了人命，您可能已经被撤职或者处分，如果您要是敢主张开除我，我就让学校出一件大事！"吴云尊铿锵有力地说出了这几句话。

陈浮萍听后愣住了："你，你想干什么你！"

"我说完了，想干什么您自己去想吧，具体如何处理事情您可以随时给我打电话，我先回家休息了，对了，也快期末了，您也该安排我回来考试了吧。"说完转身就走了。

陈浮萍气得脸色发白，自己从教二十年没遇到过如此棘手的情况，目前自己也是等待学校处理的人了，如果吴云尊在此期间再出事的话，后果就不堪设想了！她坐在椅子上自言自语："这都什么事啊，我怎么这么倒霉，赶上的都是什么事啊！"说完拍了一下桌子，一旁的辅导员还站在那里没走，陈浮萍把火全发泄在她身上了："给我滚！"

吴云尊到家后心情好转，舒服地洗了个澡，躺在沙发上喝着红酒，这次的事情对自己来说太有利了，明天开始准备给陈浮萍点颜色看看。望着月亮许久，他心生一计！

巧使离间计

记得上个月陈浮萍在经管院办公室里公开说吴雨吴校长花了30万买了学历。这是对吴校长的诋毁，不管事情真相如何陈浮萍于情于理不应该公开说出此事，如果同学们传开了不仅会有损吴雨校长的名誉，更会对学校的声誉有所影响！

吴云尊想到了这件事，打算在上面做些文章，目前陈浮萍在忙着处理杀人事件，如果自己再加进去给她添麻烦，她就腹背受敌，最终会和自己妥协！最后实在不行再联合张处长，再不行就再说，有些事情要沉住气，一步一步地来。

吴云尊躺在床上冥想："首先陈浮萍诋毁吴校长的话我没有录音，等同于没有证据，她虽然是在经管院办公室当着几十个老师面大声说的，但谁敢出来作证？都不敢得罪顶头上司啊，所以如果自己直接告诉吴校长这件事没意义，吴校长一调查没有证据证明陈浮萍说过，反而可能对自己不利！另外凭什么吴校长就相信自己？万一人家连调查都不调查呢！"

吴云尊起身继续想，来回踱步后，来了灵感！

先给徐宗北打了电话，徐宗北在学校里朋友多，他向徐宗北问到了吴雨吴校长的手机号，随后打通："您好，是吴校长吗？"

电话里传来一位老人的声音："是的，你是？"

"您好吴校长，我是吴云尊，咱们学校大二的学生，有件事想请您帮帮我。"电话里吴云尊表现得非常着急。

"你是吴云尊？我知道你，你有什么事？"

"是这样的，我前几天和别人打架，学校现在决定开除我了，我也想开了，这学我不上了！但是学历得有啊，不然以后怎么找工作？这事还得拖您帮助，当然我一定面谢您！"吴云尊的情绪表现得非常急迫。

"什么！？你在说什么？我听不懂，你都不上学了，怎么获得学历？"吴校长的情绪有点波动了。

"那我就和您直说了，经管院的学生都知道您有买学历的本事！私下底下不少人都让我找您把买学历的事给办了，都知道您关系硬，可以走后门，您不是上个月花了30万买了学历吗？我也想，钱我也有，为了学历多花点钱我认可。"吴云尊态度坚定地说。

"你在胡说些什么？再说一遍！我听不懂，我哪里买学历了？谁跟你说的？"吴校长已经急了。"您先别着急，我们都是听可靠的人说的，一般人传这事谁信啊，肯定是可靠人士说的，这事大家早已深信不疑，您也就别和我推辞了，您放心，事儿办了我肯定重谢您，不会乱说话的！"吴云尊说。

"你必须把话给我说清楚了！谁和你说的！什么可靠人士？"吴校长气愤地说。"既然您问了，那我就告诉您可靠人士是谁，她就是经管院院长陈浮萍！您说换作别人说我可能相信吗？可这是陈院长亲口在经管院办公室里说的，我亲耳听到的！况且我没听到的时候有多少次我就不知道了，总之这事真实性我认为是百分百的。"吴云尊解释道。

此时吴校长已经很气愤了："我告诉你，没有这个事，我的学历都是正规途径来的。"说完挂了电话。

吴云尊认为目的达到了，接下来静观其变！第二天早晨手机响了，一看是陌生的手机号，接通后："吴云尊！你到底想干什么？你，你是不是想气死我！"不用问也猜得到是陈浮萍来电。

"是陈院长啊，您说您打个电话上来都不说您是谁，我差点以为是骚扰电话准备开骂呢。"吴云尊刚睡醒，语气十分慵懒，但他心里早就乐开了花，估计吴校长找陈浮萍算账了。

陈浮萍语气十分沉重，说话都有些不利索："你跟吴校长说我什么了？刚才吴校长找我，说我能干就干，干不了别干！"

吴云尊说："这个和我有关系吗？对了，我想起来了，应该是买学历的事吧，这事我的确昨天找吴校长帮忙了，可是吴校长说不存在买学历，这和您到底……"

没等吴云尊说完话，陈浮萍打断说："一会儿你来学校吧，我有事找你。"

量小非君子

一大早吴云尊准时到了陈院长办公室。

今天的陈院长面色很奇怪，对吴云尊的态度非常好，但似乎有些不协调，吴云尊坐下说："院长，您有话直说吧。"

陈浮萍喝了一口茶："你小子够可以的，给我在吴院长那里使坏，我之前没想到你竟然有这份头脑，真是小看你了。"

"哈哈哈，陈院长您现在可能没看清我，我这人有种不屈不挠的精神。"

"少跟我耍贫嘴！告诉你从现在开始你给我打住，别再找事了，我可以同意主张不开除你。"

"是吗？那太好了！"吴云尊高兴地站了起来。

"别高兴得太早，我的处理意见目前是对你进行院内教育，不开除，处分具体有没有以及是什么处分都得听学校最终意见。"

"这样啊，处分的话您看能不能也别给我了。"

"这个可能性很小，因为对方被你打得很严重，事情非常恶劣，这你再全身而退没有处分恐怕学校也难以服众，并且被你打的那四个人都有了处分，他们的处分是最近定出来的，都是严重警告。"

学校的处分有警告、严重警告，这些是不记档案的，再往上依次是记过、记大过、留校察看、开除学籍，这些都是要记录档案，跟自己一辈子的，所以尽量别有！

吴云尊听后立刻说："我懂了，事情还是要有处理结果的，毕竟影响恶劣，您看也给我申请一个严重警告吧。"陈浮萍笑了："我懂你的意思，如果你答应我今后不再打架了，我就帮你去申请，但我只能尽力，因为这事最终由学校决定。"

"好！有您这句话我就踏实了，不管这事处理结果如何，我答应您以后肯定踏踏实实的，这次的事要是过去了今后我一定不会再犯类似错误，一个跟头不会让我栽倒两次！"

"行，我就信你小子一次，告诉你，去年学校开除了好几个打架的，而且都是小打小闹，但学校很严格，只要动手就开除！"

"那真是太感谢您了，我知道我这次的错误已经够开除了。"

"我问你，你和吴院长究竟是什么关系？你和他到底怎么说我背后说他坏话了？"陈浮萍严肃地说。"这事啊，陈院长您别记仇啊，我实在是不得已而为之，不然我不会给您使坏的，具体怎么说的不重要了，今后我听您的，一定好好表现！"吴云尊坚定地说。

"那行，你下周回来考试吧，还有明天听说你还有个达人秀决赛？回来参加吧。"

"那太好了，可是下周一就开始考试了，我已经两周没来上课了，恐怕……"吴云尊知道期末很重要，担心挂科。

"没事的，我一会儿去跟各科老师打招呼，因为你情况特殊，所以在平时成绩上给你打高分，最终考试你努力去考，应该没问题，后续有事找我就行。"

吴云尊向陈院长鞠了一个躬："陈院长，谢谢您，这件事处理得太好了，没想到我之前对您多有冒犯，但您不记仇，从您身上我学到了不少东西，这些东西比学校的文化课都重要！"

规矩还是得有的，做事要掌握好尺度，正如吴云尊和陈院长现在的关系一样，很多事都是变化莫测的，有时候自己目的达到了更得给对方多一些面子，那样效果会更好，所谓"量小非君子"正是这个意思。

陈浮萍笑了："少拍马屁！以后可得好好地收收脾气，接下来就等着学校最终处理结果吧。"

吴云尊立即奔向张处长办公室，打算把这个好消息第一时间告诉张处长。

始料未及

吴云尊一路飞奔到教务处，见到张处长把这几天的事情说了，张处长听后很欣慰："好，真心地为你渡过难关而高兴。"

"说真的我心里一直觉得过意不去，总是出事，这次估计给您也添了很多麻烦吧。"吴云尊愧疚地说。

"你别自责了，今后好好的就是报答我最好的方式，通过这件事你是不是体会到了一个道理，那就是任何事情不要轻言放弃，通过自己的努力争取胜利，不能泄气，我就很欣赏你身上的一股永不服输的劲头，不到最后时刻绝对不能认输。"

"是的，我深刻体会了这个道理，很多时候要正确地面对问题，不断进步并改正自身错误。"

"那就好，经过这么多事我认为你现在的心理年龄和阅历恐怕三十多岁的人都不如你了，今后你一定能干大事。王校长过几天就回来了，我再跟他说说这事，希望对你从轻处理，争取就严重警告处分，毕竟你认错态度很好，这样就很好办了。"

经过了这么多事，吴云尊心里清楚，其实很多事没必要动手，应该再多一些包容，以后可不能像现在这样了，要更加圆滑处事，三思而后行。

过了几天王校长打来了电话，吴云尊一看是他，心里有种说不出的滋味，王校长应该是从国外回来了，可是近期自己出了这么多事，真不好意思面对他，接通后："吴云尊吗？我是王九祥，你的事我都清楚了，前天刚回国张处长就给我打电话说了，你小子真够可以的，你现在就来我办公室，咱俩好好聊聊。"

王校长办公室。

进去后王九祥笑着说："坐下吧，哎呀，吴云尊啊，你让我怎么说你好，我刚见到你的时候就是看你顺眼，一表人才啊，谁知道你这么厉害。"

话说到这里吴云尊起身说："王校长，真的对不起，怪我自己做事太冲动，给您添了这么多麻烦。"

王九祥拍了下他的肩膀："帮你转学的事学校没几个人知道是我主张办的，从程序上看大家都以为是张处长办的，所以上次廖明的事田教授主张严肃处理你，如果大家都知道你是我的人，没人敢怎么着你，正因为你惹了廖明，他和田教授有亲戚关系，所以学校稍加重视，就把你在故渊大学的事给调查出来了，你知道田教授原来是谁的助理吗？"

吴云尊愣住了："谁的？"王九祥大声说："是我的助理！我前天得知是他主张严肃处理你，把你推到了风口浪尖，我把他当场臭骂一顿！我说他做事不动脑子，滥用私权，你出事等于打我的脸！他说不知道是我的关系，后来张处长跟我说担心学校关系复杂，就一直没有透露这一层关系，那个时候田教授认为你的关系是张处长，所以才有后续的事。"

"这样啊，没想到廖明的亲戚竟然是您的手下。"

"行了，我已经把事情和你说清楚了，昨天我们领导开了个会，对你的处理结果有两个方案，首先我问你，给你个记过处分你接受吗？我听陈院长说你不接受记录档案的处分。"

"这个真的不能接受，毕竟上档案，跟一辈子，严重警告您看？"吴云尊慢慢地说。

"陈院长、张处长还有我昨天在会上为你争取了，我最希望你没事，现在学校里领导几乎没有人不认为你是我的亲戚或者朋友一类的，我能希望你记过处分吗？可是最终校领导商讨，你毕竟之前在故渊出过事，并且那么能打，大家都害怕你了，而且近期学校出现了杀人事件，这更加让领导畏惧你，不能完全保证你今后不再打架了，你的事情在学校里早已传开了，如果处理轻了这次给你严重警告恐怕影响不好，最终我也没能说服其他领导，他们都认为这事得对大家有个交代，不能从轻，总之记过处分是第一个方案。"

"那下一个方案？"吴云尊果断地问，因为他真的不想有处分。

"转学！我再给你转个学校。"王九祥坚定地说。

"还转学……"吴云尊没想到事情发展到这一步。

前方花梦

"转学"这个词在吴云尊脑子里顿时爆炸了，他没想到又要转学了，真快，刚来帝旦大学一个学期，怎么又要走了，真心舍不得身边的朋友，他现在没法做出抉择。

王九祥点了一根烟，起身说："云尊啊，我把你当成自己孩子，不会害你的，目前就这两个方案来看，换作是我的话我选择转学！因为没有处分，况且你的经历多么惊奇啊，全北京哪里有大学四年上三个学校的学生，据我所知你是第一个！以后你老了回忆起这段事情多么美好。"

吴云尊还处于非常犹豫的状态，毕竟自己转学来帝旦很不容易，未来如果去了其他学校万一不如帝旦大学好呢……

王九祥继续说："俗话说人挪活树挪死，你更需要多加锻炼，转学这件事情我来帮你办理，按照正规程序。现在经历了这么多事我认为你在同龄人里很成熟，所以今后的路我对你放心，我看人绝不会错，你以后必有大出息！"

"好！我听您的，既然留下来必须有记过处分，那我就走。"吴云尊决定了。"行，以你现在的情况转学其实本质上是去借读，说白了你还是帝旦大学的人，最后修满学分回来领毕业证和学位证。因为我昨天问教委了，教委有规定，保持学籍严肃性，你刚转的学不能再转学了，但可以通过学校之间正规程序进行借读，例如你有文艺特长，可以用类似交换生的理由进行借读。"

"可以，这样也好，但不知您给我安排的是哪所学校？"

"我可以给你安排五所学校去借读，都在北京。"王九祥介绍了这五所学校，都是和故渊、帝旦平级的211学校，其中花梦大学是吴云尊比较了解的，花梦大学面积大，相当于三个帝旦大学、四个故渊大学的面积。

没等吴云尊决定王九祥先说："这五所学校里我建议你去花梦大学，那所学校大，环境好，综合来说是这五所里最好的。"

"行，我也是这么想的，听您的。"

"喂，老杨，忙吗，跟你说件事，我这有个学生很喜欢你们学校……"王九祥立刻打电话联系，做事雷厉风行。

"联系好了，你接下来在这里参加期末考试，下学期开学就去花梦大学了，刚才我联系的人是花梦大学教务处处长，他会在开学前跟你联系的，到时你直接去办理入学手续。"王九祥说。

"好的，王校长，真的又麻烦您一次。"

"哈哈，应该的，你是我招进来的，我必须对你负责，你还年轻，能不背处分就别背，我了解你自尊心强，背了处分估计心里也憋屈，所以让你重新开始新的校园生活，但你给我记住了，今后可一定好好上学，再有打架的恶性事件我可未必能再保住你了！"

　　"一定，您放心吧，再有事的话我就太对不起您了，想到您我也要改改自身的问题。"

　　"我倒无所谓，主要是你好了我就放心了，帮忙帮到底，送佛送到西，这是规矩！到了花梦之后你有事可以去找刚才我联系的杨处长，也可以随时给我打电话，你遇事别冲动就好。"王校长严肃地说。

　　"好！这回我心里踏实多了，您对我的帮助我会时刻铭记于心。"

　　今天的风很大，寒风刺骨，吴云尊来到了自己常来的樱花园内，没想到自己的大学之路如此曲折浪漫，又要换学校了，心里喜忧参半，去了新环境不知道会发生什么，人生或许就是充满新奇与困惑吧。

　　期末考试进行顺利，吴云尊考得很好，可在考试之后系统里查询成绩中有两门课程吴云尊没有成绩，问过后得知这两门课程是帝旦大学的选修课程，考试时间安排得早，在吴云尊停课期间已经考了，于是他找了陈院长，陈院长表态认为选修不重要，应该不会影响毕业，况且那两门课程的老师已经休假了，这事先算了。

　　"吴云尊！"只听身后一人叫他，回头一看是夏婉露……

尾声

岁月的痕迹如同风中飘落的树叶般在心里徘徊，此时走在帝旦的校园里心中百感交集，有太多的不舍令吴云尊放不下，可有时放不下也要面对，要去接受。

夏婉露跑过来看着他："你的事情怎么样了？是不是没事了？咱们晚上庆祝下吧，"吴云尊笑了："没事了，晚上我请你，哈哈。"

两人在樱花园里漫步，雾霾的天气没有影响两人的氛围，戏剧性的缘分让两人短暂地重逢又继续分开，夏婉露突然坐下来不说话了，面色沉闷。吴云尊拍了她一下："想什么呢？"

"我感觉你好像有事瞒着我。"夏婉露看着吴云尊的眼睛说。

"哪有啊，你想什么呢。"

"我的感觉有时很准，咱俩从高中就认识，你说实话吧，到底有没有事情瞒着我。"

"啊，说实话，有。"吴云尊本打算下学期开学后自己走了再告诉她，但没想到她竟然能猜到，反正早晚也是说。

"说啊。"

"我又要转学了，对不起啊，以后的大学时光咱俩不能一起度过了，本来咱俩又在一起了是缘分，我打算在帝旦一直保护你的。"吴云尊愧疚地说。"没事的，我理解你，身不由己，就跟武侠里的大侠一样。"夏婉露笑着说。

其实在吴云尊心里对夏婉露的感觉一直在变，外加这学期有凌千语的出现，令他对夏婉露的情感一直处于混沌的状态，直到现在吴云尊也不太明白自己对现在的夏婉露是怎么样的一种感觉，可能是她上大学后变了，不是高中时的她，但她就是她……

双方默默地看着对方，有时候不用多说只要笑一下就能理解对方的心。

会议室。

王九祥针对这次事情的处理方案召集了经管院陈院长、教务处张处长，以及其他相关中层和老师开了个会。

王九祥严肃地说："吴云尊是个好孩子，他自己的问题我已经教育过他了，你们身为教师难道就没有责任吗？"陈院长说："我有主要责任，身为院长应该对每个孩子的动向有了解。"

王九祥说："梁广林，你身为导员，也有主要责任，我要是他的导员一定会把他的特长发挥到最大，及时纠正他的问题，今后各位老师要密切关注每个孩子的情况，教育是以人为本，要把每个孩子都当成自己的孩子一样去看待。"

今天吴云尊办理了离校手续，临走前他想找趟王九祥，进屋后王九祥说："今天你办理离校手续，我就知道今天你会来找我，所以我连会议都推迟到明天开了。"

吴云尊笑着说："王校长您真懂我，我要走了，最后得过来和您打个招呼。"

王九祥喝了口茶："不必多说了，我心里都懂，想想我年轻那会儿和你差不多，年轻真好啊。"

夕阳西下，窗外的天空伴随着冷风云开雾散，一束阳光从窗外射入两人中间，光线形状十分清晰，王九祥起身说："假期回去好好休息，到了花梦大学要好好珍惜。"

"一定！"吴云尊认真地说。

王九祥刚想说话咳嗽了半天，吴云尊见状问道："您没事吧？"

王九祥喝了几口水，笑着说："没大事，就是老了，身体不中用了，你走吧，世界终归是你们年轻人的，哈哈哈……"

后记 读好书

本作品有续集，请大家拭目以待！

说起读书，那真是一门大学问。有人曾问我怎么去读书，如何把书读好，还有人问我那么多书看不过来，不知道看什么好。在这里我想说的是，读一部好书真的能改变人的一生，那如何来回答以上问题呢？首先读书要细心，读任何作品都需细致，用心去看，不能三心二意，一目十行。其次题材选择方面可以先看自己喜好，或者各种题材都看看，总有最适合你的，可以确定的是，看任何一部好作品对人都是有帮助的。

新北京往事系列作品走到今天已经完成了一半，本系列预计四部，保证每部都是自己精心打造的，剧情的高潮一定要持续，青春的火不能灭！作品蕴含了很多道理，希望你看后能对自己有所帮助。

各位书友，下部作品见！